Floating Yuuna Ichinose

Novel: Otsuichi

一ノ瀬ユウナが浮いている

乙一

集英社

装幀　有馬トモユキ（TATSDESIGN）
装画　loundraw (FLAT STUDIO)

この作品はフィクションです。実在の人物・団体・事件とは一切関係ありません。

1

浮いている彼女を見つけたのは、捜索隊の一人だった。

二十一世紀の最初の年に生まれた俺たちは、東北で震災の起きた年に知り合った。テレビから流れてきた津波の映像は、子どもながらに覚えている。ある日、突然、何万人もの方が亡くなった。その事実を、当時の大人たちは、どうやって受け入れたのだろう。

小学四年生の夏休み。例の大地震から数ヶ月が経ち、世間は落ち着きを取り戻そうとしていた。十歳の俺は、子ども会の行事に参加していた。大人たちがマイクロバスを借りて、近所の子どもたちを乗せ、地元民に有名な滝の見える公園へと遠足に出かけたのだ。

同い年でよく一緒に遊ぶ幼馴染《おさななじみ》が何人かいるのだが、たまたまその日はみんな用事があったみたいで、俺は一人でバスの座席に座っていた。はしゃいでいる子もいれば、乗り物酔いをして今にも吐きそうな顔の子もいる。

一人、知らない女の子がまじっていた。彼女は静かに窓の外を見ている。色白で線が細くて、小綺麗な服を着ていた。公園の駐車場に到着して外に出ると、遠足に参加していた大人が、彼女の手を引っ張ってきて俺に言った。

「この子、ユウナっていうの。最近、あんたんちの近所に引っ越してきたのよ。大地《だいち》、一緒に行動してあげて」

ユウナと呼ばれた子は、恥ずかしそうにうつむいていた。名字は一ノ瀬《いちのせ》。年齢は俺と同い年だという。滝の見える公園で俺たちは行動を共にすることになった。

「遠藤《えんどう》大地だ。よろしく」

「……よろしく」

自然の中へ出かけておもしろがっているのは大人たちだけだ。正直、子どもたちは退屈していた。駐車場から滝の見える広場まで、岩場の斜面を延々と歩かされる身になってほしい。俺とユウナはつかず離れずの距離感で行動した。最初のうち会話ははずまなかったが、広場で弁当を食べた後、リュックに隠し持っていた『週刊少年ジャンプ』を取り出すと、ユウナの目の色が変わった。

「それ、今週の？」

「うん」

気にせず読んでいると視線を感じる。彼女は食べるのが遅く、俺が食べ終わっても弁当が半分くらいしか減っていなかった。箸を持ったまま、じっと俺の方を見ていた。

「読みたい？」

「読みたい」

「女子なのに？」

『週刊少年ジャンプ』を読むのは男子だけだと俺は思い込んでいた。

「女子も読むよ」

「じゃあ、俺が読んだら、貸してやるよ」

「ありがとう！」

彼女が笑った瞬間、ぱっと周囲が明るくなった気がした。

彼女は漫画が好きだった。前の家では、近所に漫画好きの高校生の従姉《いとこ》が住んでいて、様々な名作漫画を貸してくれたという。『週刊少年ジャンプ』も従姉が購読しており、毎週、読み終えた後におさがりをもらっていたそうだ。そんな彼女の最近の悩みは、引っ越して以降、従姉から『ジャンプ』のおさがりをもらえなくなったこと。最新号を親に買ってもらうお願いをすべきか悩んでいたそうだ。

「自分の小遣いで買えば？」

「だって、お小遣い制じゃないんだもん」

「そういう教育方針ね」

「欲しいものがあったら、お母さんに言って、お金を出してもらうシステムなの」

俺は『ジャンプ』を読み終えて背伸びをする。

「ほら、読んでいいぞ」

しかしユウナは、「え、信じられない」という顔で俺を見る。

「もういいの？」

「読みたいのは読んだ」

「全部、読まないの？」

「好きな漫画だけ読んでる」

連載されている漫画のうち、目を通しているのは半分くらいだ。しかし彼女は、毎週、すべての連載作品に目を通すタイプだったらしい。というか、すべての『ジャンプ』読者がそうだと思っていたようだ。

「じゃあ、目次も読まないの？」

「目次って？」

「漫画家さんが近況を書いてるでしょう？　短い日記みたいなのを」

「ああ、そういえば、そうだな」

それまで特に気にしたことはなかったが、目次にならんでいる連載作品のタイトルの横に、漫画家たちが短い文字数で近況を載せている。

「これって、読んでる奴、いるの？」

「読むよ！　私、いつも読んでる！」

その日、一番の大きな声だった。

「こんなの読んで、おもしろいの？」

「おもしろいよ。好きな漫画家さんの言葉ってだけでテンション上がっちゃうよ。最終回の漫画の時なんか、切なくて泣いちゃうし。編集者の人のコメントもあるんだよ。ほら、これ」

ユウナは箸を置いて、目次の隅っこのあたりを指差す。言われるまで気づかなかったが、そこにも小さな文字がならんでいる。『ジャンプ』を作った人たちのコメントなのだそうだ。編集者という職業があることも、それまで知らなかった。

ユウナが目をきらきらさせている。さっきまで、おどおどした様子で肩身が狭そうに遠足に参加していたのに、いつのまにか普通に俺たちは言葉を交わしていた。一冊の『ジャンプ』を二人で覗き込んでいるから、結構、顔が近い。

「おまえって、変な奴だな」

俺は思わずそう言ってしまう。ユウナは、はっとして距離をとった。急に恥ずかしくなったのか、静かに弁当の続きを食べはじめる。

滝の見える公園には、ひんやりとしたやさしい風が吹いていた。流れ落ちた水が地面に衝突し、目に見えないほどの小さな水の破片になって、風の中に溶けていたのかもしれない。天気もよく、青空の中に白い雲が浮かんでいた。

それから俺たちは、漫画以外のことも話をするようになった。ユウナが前に住んでいた町のことや、父親の職業のことを聞く。彼女の父親は隣の市に建設された大型商業施設で働いているらしい。五歳下の弟がいるのだが、今日は熱を出して参加できなかったとのことだ。

遠足が終わってバスで地元に帰り着いた後、別れ際に彼女に『ジャンプ』をあげた。目的の漫画を読み終えた俺にとって、必要のないものだった。

「ありがとう！　大地君！」

ユウナはそれを大切に抱きしめて、うれしそうにしていた。

彼女のことを思い出す時、俺はいつも【ユウナ】という字面を頭に思い浮かべている。自分の名前に使用されている漢字を、彼女自身がきらっていたからだ。

一ノ瀬ユウナの戸籍謄本や住民票に記載されている正式な名前は【夕七】である。七夕みたいな字面で綺麗じゃないかと思うのだが。

「私の名字、一ノ瀬だよね。【夕七】って名前に、【一】を載せたら、どうなると思う？」

いつだったか彼女は説明してくれた。

【夕】と【七】を横にならべて、その上に【一】を載せると、【死】という文字ができる。

名前をつけた両親もこれは想定していなかったらしい。

そういうわけで彼女はできるだけ自分の名前を書く時は【ユウナ】とカタカナで記述していた。小学校を卒業する記念に、幼馴染の五人で森にタイムカプセルを埋めたのだが、その時も彼女は自分の宝物を入れた缶にマジックで【ユウナ】と書いていた。縁起が悪く、死神に魅入られたくないという思いから、そうしていたのだろう。

結局、彼女は十七歳で死んでしまったけれど。


俺たちの暮らしていた町は、東京から新幹線と私鉄を乗り継いで五時間ほどの距離にある。山裾の平野部に水田が広がり、夏には一面が緑色の景色になる。山の斜面でフルーツを栽培する農家も多く、秋になると近所の方から、食べきれないほどのおすそ分けをいただいた。

都会のように家が密集しておらず、すこし離れた友人の家へ遊びに行く時は、自転車に乗って田園地帯を越えなくてはならない。稲の緑色の葉先が海のように波打っている中を、一人乗りのボートで旅するみたいに、自転車で俺たちは移動する。

俺とユウナ、笹山秀《ささやましゅう》と三森満男《みつもりみつお》、そして戸田塔子《とだとうこ》の五人で遊ぶことが多かった。ユウナ以外は保育園時代からの顔なじみだったが、神社にあつまって鬼ごっこをしたり、缶けりをしたり、携帯ゲーム機の無線通信でポケモンの交換をしたりするうちにすっかり仲良くなった。

エアコンの効いた室内でゲームをしたい日は秀の家に行くのが定番だ。彼は眼鏡をかけた秀才タイプの少年で、所有するゲームソフトの数はクラスメイトで一番だ。宿題を写させてほしい時も、彼にお願いするのが良いとされていた。

満男の家はお菓子の卸売業者である。腹が空いた日は彼の家にあつまるのが賢い選択だ。満男はふくよかな少年だったが、両親も同じような体型だった。おなかを空かせた俺たちがあつまると、業務用の大袋のお菓子を開けて好きなだけ食べさせてくれる。

塔子は活発なスポーツ少女だ。父親が野球チームのコーチをしており、彼女の家に行けばバットやグローブを貸してくれた。中古のピッチングマシーンまで所有しており、彼女の父親にお願いすれば、バッティングの練習をさせてもらえた。

朝になれば五人で登校し、夕方になれば五人で家路につく。途中、それぞれ好き勝手なことを話しながら歩いた。

「今、桃鉄《ももてつ》でコンピューター同士を戦わせて遊んでるんだ。僕は何もせずに見ているだけなんだけど。コンピューターの設定を変えて勝率のデータを収集してるよ」

「大阪に出張したお父さんが、おいしい肉まんを買ってきてくれたんだ。みんなにも食べさせてあげたかったなあ」

「誕生日に野球のスパイクを買ってもらうの。すごくいいやつ。今、カタログで選んでるところ」

秀と満男と塔子の後ろで、俺とユウナは漫画の話をする。といっても、俺は彼女ほどには漫画のことを知らない。彼女が楽しそうに話すのを、ただ聞いていることが多かった。

「大地君は『コロコロ』も読んでた？」

「ああ、読んでたぜ。『でんぢゃらすじーさん』が好きだったな」

「私も大好きだった。でも、下品だからって、コミックスを親に買ってもらえなかったんだ」

「うちの場合、本は比較的、何でも買ってくれるぜ。たとえギャグ漫画でもな。何も読まないよりはましだろうって思われてるみたいだ。でも、『ジャンプ』を買うようになって、『コロコロ』を買う余裕はなくなっちまった。満男が今も買ってるから、あいつの家で読めばいいかって思ってる。ちなみに過去の『ファミ通』のクロスレビューが気になる時は秀の家に行けばいい」

「秀君の部屋の本棚、ゲーム雑誌がたくさんあったもんね」

各自、家の近くまで来ると集団から離脱する。「また明日！」と手を振って家に入っていく。俺とユウナは小学校から一番遠い地区に家があった。一人ずつ家に消えていくのを見送って、最後に二人でならんで夕日の中を歩くことになる。

読み終えた『ジャンプ』がある日は、家の前ですこしだけ待ってもらった。我が家は木造の二階建てだ。兼業農家なので、祖父が畑仕事に使うトラクターが車庫にある。俺は家に入るとランドセルを投げ捨てて、『ジャンプ』を部屋から持ってくる。ユウナに渡すと、彼女は表紙を見て「わぁ！」と顔をかがやかせる。その場で立ったまま読もうとするので、俺は彼女の背中を押し、自宅のある方角に向かって進ませる。

「歩きながら読むなよ！　事故にあっても知らないぞ！」

「うん！　いつもありがとう、大地君！」

彼女は感謝していたが、俺にとってみれば、捨てる手間がはぶけたようなものだ。俺の家から彼女の家までは数百メートルほど離れている。滅多に車の通らない、のんびりとした農道を、『ジャンプ』を抱きしめてユウナが遠ざかる。

同い年のいつものメンバーで、一年の行事を楽しんだ。だれかの家で開催されるクリスマス会やプレゼント交換。年始の挨拶《あいさつ》をかねた餅つき大会。春になると五人で自転車に乗り、桜の名所まで遠出をした。

夏の夜、全員で待ち合わせをして神社のお祭りへと向かう。浴衣を着たユウナと塔子が金魚すくいをした。がさつな塔子は、金魚をすくうための【ポイ】を一瞬でだめにしてしまう。ちなみにうちの地元のお祭りでは、和紙を針金に張った【ポイ】ではなく、針金にモナカの皮を刺したタイプの【ポイ】が使われていた。濡れてだめになった【ポイ】のモナカが、金魚の水槽に浮かんでいた。食いしん坊の満男がそれをすくって食べようとするので、秀が頭をはたいて止《や》めさせる。

夏には怖い話の大会をした。だれかの家にあつまって、心霊体験の話を披露するのだが、女子よりも秀の怯《おび》え方がひどかった。彼は怪談話に免疫がないらしく、子どもの頭でかんがえた嘘くさい話でも、ギャーギャーと怖がってうるさかった。

ちなみに、俺の披露する心霊エピソードは怖すぎると仲間内で評判だった。リアリティがあり、本当に起こりそうな不気味さがあるという。当然だ。俺が語った怖い話は、すべて曾祖母の実体験なのだから。

曾祖母には霊感があったらしい。祖父の母親にあたる人物で、俺が生まれるよりも前に亡くなっていたが、仏間に遺影が飾られているので顔は知っている。

彼女には頻繁に死者の姿が見えていたそうだ。死者に足をつかまれた話や、死んだはずの知り合いが枕元に立っていた話などを、息子である祖父によく聞かせていたという。

夏の行事で外せないものと言えば、花火だ。小学六年生の夏の夜、俺たちは親に内緒で子どもだけで花火を楽しんだ。

　手持ち花火の詰め合わせセットや、地面に置くタイプの噴出花火、打ち上げ花火や、パラシュートになって落ちてくるタイプの花火など、それぞれが店で買ったものを持ち寄る。夕暮れ時に河川敷にあつまり、家からくすねてきたライターで蠟燭《ろうそく》に火を点した。地面に転がっている大きくて平らな石の上に蠟燭を立てて、手持ち花火の先端を火で炙《あぶ》った。

　火薬に引火すると噴水のように、赤や青、ピンクや緑の光の粒が出てくる。火薬が燃えるという、ただそれだけの現象に俺たちのテンションは際限なく上がった。煙が河川敷に立ち込め、独特のつんとしたにおいにむせる。俺と満男と塔子は手持ち花火を振り回し、常識派のユウナに叱られる。秀は火の点いた花火を河川敷の水たまりに突っ込んで、ぶくぶくと水中でも火薬が燃え続ける様子を観察していた。

　一時間ほどで花火がなくなってしまう。ひとしきり楽しんで満足した俺たちは解散することにした。ゴミをかきあつめ、河川敷にとめていた自転車にまたがり、秀と満男と塔子が先に帰っていった。三人は家が遠いから、帰宅をいそいでいたのだ。三人の自転車のライトが遠くなっても、ユウナは懐中電灯の光を地面に向けて最後までゴミ拾いをしていた。

「ユウナ、みんなもう行っちゃったぞ。俺も帰るからな」

「あ、待って」

ゴミの入った袋を持って歩き出そうとしたが、彼女は不意に足を止めた。地面に落ちていた何かを見つけた様子だった。

ユウナは屈《かが》んでそれを拾う。線香花火だ。十本程度が寄りあつまって束になっている。駄菓子屋でむき出しに売られている商品だ。だれかが買ってきたものの、存在感が薄くて忘れさられていたらしい。

「これ、まだ新品だよ」

「せっかくだし、やるか」

俺たちは河川敷で中腰になり、指で線香花火をつまんだ。紙縒《こよ》りの先端に火薬を包んでふくらんでいる部分がある。そこにライターの火を近づけた。

先端が燃えはじめる。しばらくすると、命が宿ったかのような、赤色の火の玉がふくらんだ。やがてその火球はオレンジ色の火花を発する。ぱちぱちと爆《は》ぜる火花の数は、次第に多くなり、勢いを増してかがやく。それが落ち着くと、細い火花が一本ずつ散って、最後には火球そのものが、力尽きたように落下する。

最初は地味かと思ったが、予想外におもしろかった。独特の味わい深さがある。次の線香花火に火を点し、俺たちは火花を見つめる。すぐそばにゆったりとした川の流れがあり、水の音がしていた。

「みんなでやるタイプの花火じゃないな。何も言わずにじっと見つめているのがいい。まるで本でも読むみたいに」

俺がそう言うと、ユウナがすこしおどろいた顔をする。

「私も同じことかんがえてた」

「嘘つけ」

「本当だよ」

俺たちはのこりの線香花火にも火を点す。

火花が弾けるように生まれ、オレンジ色の光の残像が闇の中に咲く。やがて勢いを失い、呼吸を止めるみたいに沈黙する。

最後、火球が線香花火の先端から外れて落ちると、あたりは暗く、静かになる。死の世界が訪れたかのように。

「本当に、同じこと、かんがえてたんだよ」

真っ暗な道を帰りながら、ユウナは言った。


ユウナは時々、空想の世界で遊んでいる。ぼんやりと雲を見上げたまま、何十分も心が地上に戻ってこないことがある。

小学校から帰る途中、彼女が空を見ながらふらふらと赤信号の横断歩道を渡ろうとするものだから、赤いランドセルをつかんで引っ張り戻してやった。俺たちが住んでいるのは地方の田舎だから、交通量もすくないため、そのまま道路に出てしまっても轢《ひ》かれなかったかもしれないが。

「そのうち事故にあっても知らないぞ」

「私が道を外れて水路に落ちたら、大地君、助けてくれる？」

通学路の農道に沿って深めの水路がある。

「俺がその場にいたら助けるけどさ、いつも俺がいるとは限らないだろ」

俺はいつからかユウナに対して特別な感情を抱くようになっていた。それはいわゆる恋愛感情的なものだったが、どのように発生し、胸の内に宿ったのか、自分でもわからない。

自覚したのは六年生の時だ。その頃、彼女は漫画の模写にはまっており、授業中にもノートに四コマギャグ漫画を描いては教師に怒られていた。

休憩時間、みんなから離れた場所で、彼女は一人、教室の窓辺に佇《たたず》んでいた。近づいてみると、彼女はなぜか鼻の下に消しゴムをあてて、真剣な表情をしていた。

「おまえ、何してるんだ？」

声をかけると、消しゴムの位置を指で保持したまま俺を振り返る。

「この消しゴムの匂い、好き」

「そうか、良かったな」

休憩時間が終わるまで、彼女はずっと窓辺で消しゴムの匂いを嗅《か》いでいた。真剣な表情で。

変な奴だ。そう思うと同時に気づかされる。彼女をなぜか目で追いかけてしまうことに。

当時、彼女が熱中していた漫画は『週刊少年ジャンプ』で連載中の『HUNTER×HUNTER』だ。主人公の少年が世界を冒険するという内容だが、緻密《ちみつ》に練り上げられた物語展開と、壮絶なバトルシーンに俺たちは魅了されていた。登場人物たちは、念能力と呼ばれる不思議な力を駆使して戦闘を行うのだが、その息詰まる駆け引きがたまらない。

その年、『HUNTER×HUNTER』は長期の休載に入っていたが、読者の熱量はすこしも衰えなかった。

ある日、ユウナが至極真面目な顔をして俺に打ち明けた。

「私ね、水見式《みずみしき》をしようと思ってるんだけど、大地君にも一緒につきあってほしい」

水見式というのは『HUNTER×HUNTER』に登場する用語である。念能力には六つの系統があり、「強化系」「放出系」「変化系」「操作系」「具現化系」「特質系」に分けられる。登場人物たちは水見式と呼ばれる方法を用いて、自分がどの系統の念能力を持っているのかを判定するのだ。

……あくまでも、漫画の中の話である。実際に念能力を使えるという人間を見たことはない。はっきり言って、実際に水見式をしようなんて思いつくのは馬鹿げている。フィクションと現実を混同している。

しかし、俺はユウナの誘いに乗った。

「いいぜ。自分の中に眠っている念能力がどの系統なのか、俺も気になっていたところだしな」

学校から一度帰宅して、彼女が俺の家に来た。集合場所を一ノ瀬家にしなかったのは、彼女の弟の一郎《いちろう》が邪魔をするに決まっているからだ。一郎はシスコン気味なのか、ユウナと俺が一緒に遊んでいるのを嫌がる。水見式には精神の集中を必要とするため、一郎のいない我が家の方がいい。

ユウナが訪ねてくると、祖母がうれしそうな顔をしてお菓子を出してくれる。二階の俺の部屋にユウナを案内し、さっそく水見式の準備をした。

必要なものは、コップに注いだ水と、一枚の葉っぱだ。水の表面に葉っぱを浮かべて両手をかざし、体内のオーラを練り上げて手にあつめるのだ。成功すれば、コップの水や浮かんでいる葉っぱに何らかの変化が生じる。それを観察することで、その人の資質が判定できるというわけだ。漫画の中でそう語られている。

例えば、水の量がふえてコップから溢《あふ》れ出したなら、その人は「強化系」の念能力の才能を持っている。水に浮かべた葉っぱが、風もないのに動き出せば、「操作系」の念能力の保持者だ。

実際には念能力なんて存在しない。頭ではわかっている。だけど、もしかしたら自分にも何か不思議な能力が眠っているんじゃないか、という淡い期待も一方では抱いていた。

「私には、どんな念能力があるんだろう……」

不安そうにユウナが言って、コップに注がれた水を見つめる。庭の木から採取してきた葉っぱを浮かべていた。窓は閉めている。もしも葉っぱがゆれた時、風のせいではないことを示さねばならないからだ。

「先に大地君、お願い」

「わかった。やってみる」

俺は緊張しながらコップに両手をかざす。

俺たちは『HUNTER×HUNTER』ごっこをしているにすぎない。だけど、もし、本当に特別な力があったとしたら？　俺は体内のオーラをかきあつめて手を覆うようにイメージする。コップの水の色が無色透明ではなくなり、何らかの色に染まったら、俺は「放出系」の才能を持っている。水の中に不純物が生じたなら「具現化系」。葉っぱが急に枯れたり、水が沸き立って悪臭を放ったりすれば「特質系」だ。

目を閉じて念じ続けた。

しかし、コップの水に変化はない。

五分ほどがんばってみたが、最後にはあきらめて、手を下ろす。

「だめだ……」

「待って。念のため」

ユウナがコップを手に取り、水を一口、飲んだ。

水の味が変化していれば「変化系」の念能力保持者だ。

「どうだ?」

「……ただの水」

「そうか」

何の変化も起きなかった。俺は念能力者ではなかったというわけだ。わかっていたはずなのに、すこし寂しい。

「元気を出して」

ユウナが俺をいたわるような表情で声をかける。

「今度はおまえの番だ」

「うん。がんばる」

すこし休憩をはさんで、精神統一をした後、彼女も水見式をはじめた。コップに両手をかざし、まぶたを半分ほど下ろして、念じるような表情になる。額《ひたい》にうっすらと汗を浮かべていた。

わかっていたことだが、彼女の水見式も俺と同様の結果となった。コップの水にも、葉っぱにも変化は生じない。彼女はがっくりとうなだれて、心底、悔しそうにしていた。俺よりも真剣に信じていたのだろう。特別な能力が自分の中にもあるのだと。

「どうやら俺たち、二人とも念能力者ではなかったみたいだな」

「うん。残念だけど、そうみたい」

ユウナが、すこし泣きそうな目をしていたので、俺は動揺してしまう。目が赤かったし、すん、と鼻をすすっていた。

「ありがとう、水見式につきあってくれて」

「どういたしまして」

その時、ふと、俺は思った。

ユウナは、自分の中に眠っているかもしれない才能と、念と呼ばれる概念とを、重ねて見ているのかもしれない。

彼女は、漫画家になることを夢見ていた。絵の練習をしていたし、彼女の部屋の本棚に『漫画の描き方』というテキストがあったし、勉強机にインクを落とした染みのようなものがあった。

その夢をかなえるため、自分の中に特別な力が眠っていてほしいと切望していたのだろう。ユウナにとって、漫画家といった人種は、物語を絵で具現化するタイプの念能力者に見えているのかもしれない。

「あきらめるなよ」

俺は思わず、そんな言葉を口にしていた。

ユウナは、おどろいた顔で俺を見た後、泣きそうな顔を見られまいとそっぽを向いた。


コップに注がれた透明な水。

清らかな水の上に横たわる葉っぱ。

それを中心に広がる波紋。

ユウナと水見式ごっこをした日の記憶は、大人になっても鮮烈に覚えていた。当時はかんがえもしなかったが、宗教的な儀式に近い印象を受けたのかもしれない。時折、テレビや映画で、キリスト教の洗礼をする様子が登場する。神父様が信者の額に水を注いだり、信者の体を水に沈めたりする。それを見ると、俺はユウナとの水見式のことを思い出す。

中学生になっても俺たちの関係は基本的には変わらなかった。いつもの五人で試験前にあつまって猛勉強する。成績の良かった秀が俺たちの脳みそをきたえてくれた。中学校は俺たちの自宅からすこし遠い場所にあったので、自転車で通学をしなくてはならない。男女でならんで自転車をこいでいると、他の生徒たちから冷やかしの目で見られた。

ユウナは顔立ちが良かったので、男子生徒から視線を向けられることが多くなる。どんな男子生徒に対しても分け隔《わへだ》てなく接してくれるところも人気なのだろう。

満男は心無い女子からはキモデブ扱いをされるようになったし、秀はキモオタ呼ばわりされていた。表面上、女子が取り繕《とつくろ》って普通に接していても、内心でそう思っている雰囲気は伝わってくる。しかしユウナの場合はそんな内面の曇りがなかった。ユウナと塔子の場合、小学生時代に仲良く遊んだおかげで偏見がないのだろう。

ちなみに俺は、幼少期から塔子のキャッチボールやその他の特訓につきあわされたせいか、それなりに運動ができた。運動ができる男子に対し女子は寛容だったので、キモい扱いを受けることはなかったが、幼馴染の男子二名が悪く言われていると、いい気はしない。

中学生になり、俺たちは異性というものを意識しはじめる。クラスの中に男女交際をはじめる者たちが出現し、その事実に驚愕させられた。

俺はユウナに対する感情を自覚していたが、彼女の方はどう思っているのだろう。休み時間、学校の廊下でユウナに遭遇すると、彼女はぱっと明るい表情になり駆け寄ってきてくれる。それから休み時間が終わるまでの間、テレビの話や、本の話や、弟がはまっている漫画の話をする。

ユウナの中に、俺への否定的な感情はない、と思いたい。だが、しかし、好意を打ち明けるというのは話が別だ。それをしたことで今の関係が崩れてしまうことが嫌だ。告白だなんてとんでもない。

中学で顔見知りになった男子が、ユウナに一目惚れして告白したらしい。ユウナは断ったそうだが、それを知って安堵する自分がいた。

三年間、自転車で中学校に通う日々を過ごす。

そして、俺たちは高校生になった。

「ユウナはたぶん、大地のことが好きだぞ」

秀の家に男だけであつまって、ニンテンドースイッチで遊んでいた時のことだ。秀が自分のキャラクターを操作しながら言った。満男も同意する。

「そうだよ。早いところ告白しなよ。高校のみんなも誤解してるよ。二人はもうとっくにつきあってるんだって」

俺とユウナが立ち話をしていたり、一緒に書店で本を眺めていたりする様《さま》が、同級生たちに目撃されていた。周囲には俺たちがカップルに見えていたようだ。しかし実際は、よく話をする幼馴染の域を出ていない。それどころか、小学生時代よりも会う頻度がすくなくなった。高校生になり、ユウナがバスターミナルでティッシュ配りのバイトをはじめたからだ。その報酬で『週刊少年ジャンプ』を購読するようになり、俺からおさがりをもらう習慣もなくなった。

いつか言う。気持ちを打ち明けようと思っている。

そのうちに自然と告白のできるタイミングが訪れるはずだ。

気負うことなく、話の流れでそう言える瞬間があるはずだ。

心の中にある彼女への思いが、すっと口から出てくる日が、いつか……。

だけど、そんな日は来なかった。

高校二年生の夏休み、八月前半のある日のことだ。ユウナは駅前でのバイトを終えて自転車で帰路についていた。小雨が降るという天気予報が出ていたので彼女はレインコートを持っていた。しかし実際は小雨どころではない勢いの雨粒が降り注いだ。彼女は豪雨の中、田園地帯の道を自転車で走行していたらしい。

路面を濁流のように雨水が流れる。おまけに突風まで吹きはじめる。農道沿いに深めの水路があり、ほとんどの場所は道と水路の境界にガードレールがあるのだが、所々にない区間があって、彼女はそこで道からそれてしまったらしい。雨で視界が悪く、道とそうでない部分の境界が見えなかったのだろう。あるいは突風にあおられてよろけたのかもしれない。水路はその時間、流れ込む雨水で濁流となっていた。

帰ってこないユウナを心配して、両親が捜索をお願いした。やがて近所の人が、水路に落ちて引っかかっている彼女の自転車を発見する。さらに数時間後、今度は捜索隊の一人が彼女を見つけた。水路の先の遊水池にユウナは浮いていたという。

ユウナと最後に会話をしたのは、彼女が死ぬ二日前の昼下がりだ。俺は自宅の庭にホースで水をまいていた。彼女は肩を出した涼しげな格好で縁側に腰掛け、祖母が用意してくれたスイカを食べている。

「花火をしたいな。今度、またみんなでやろうね」

河川敷で花火を持ち寄って遊ぶのが、夏の恒例行事になっていた。

「そうだな。今年も花火をしよう」

「約束だよ」

その約束は守られなかった。

彼女が死んだからだ。

しかし、その日の俺たちは、今年も来年も再来年も、みんなで花火ができるものだと思い込んでいた。愚かなことだけど。

ユウナはスイカを堪能《たんのう》すると、立ち上がり、水のまかれた庭を歩き出す。植物の葉から滴《したた》る雫《しずく》に、日差しが反射してかがやいていた。

「大地君は、高校を卒業したら、どうするの?」

「たぶん大学に行く」

「どこの?」

「さあ。俺でも入れそうなところ」

高校二年生だ。そろそろ進路について決めなくてはならない。でも、俺は将来のことを明確には思い描いていなかった。なりたい職業もない。行きたい大学もない。どんな風に人生を送りたい、などとかんがえたこともない。他のみんなも、似たようなものだろう。十七歳の時点で、自分の未来を見据えている奴なんて少数なんじゃないだろうか。しかし、ユウナは違った。

「私ね、東京の大学に興味があるんだ」

「東京の?」

初耳だ。彼女から東京の話を聞いたことなんて一度もない。

「地元を離れるのか?」

「うん。不安だけど」

「どうして東京なんかに?」

「日本の出版社のうち、四分の三は東京に集中してるんだよ。私が読んでる漫画はどれも東京で作られてる。出版関係の人はみんな、東京に住んでるんだよ」

「みんなかどうかはわからないけど、確かに、東京在住の人は多いだろうな。作品にもよく吉祥寺《きちじょうじ》とか出てくるし」

吉祥寺が東京のどの辺にあるのかもよく知らないけれど。

「私はやっぱり漫画が好きだから、漫画に関わる仕事をしたい。東京に行った方が、そういう仕事ができるチャンスに出会える気がする。漫画家を目指してはいるけど、それがかなわなかったとしても、業界の端っこの方で暮らせるかもしれない」

彼女がノートに描いた四コマ漫画は、時折、読ませてもらっていた。もっと長い作品も描いているみたいだったが、そちらは読ませてもらったことがない。恥ずかしくて他人には見せられないらしい。彼女から聞き出したところによれば、異能力バトル漫画らしいが、詳細は不明だ。

それにしても不安だった。ユウナは注意力が散漫になることが多い。のどかな地域で暮らしていたから、幸運なことに車に轢かれなかっただけで、東京のような忙しい場所に解き放てば、無事では済まない。彼女は人の悪意に気づかず、だまされやすい傾向にある。東京なんか、道行く人は全員、詐欺師だと思った方がいい。

引き止めるべきだろうか。いや、俺にそんな権利はない。将来のことを何もかんがえていない俺よりも、未来を見据えている彼女の方が立派だ。彼女のやりたいことに、水を差すことなんか、してはならない。

「そうか……。じゃあ、俺も、行こうかな、東京……」

ひねりだした解答がそれだった。自分も東京の大学に進学すれば、ユウナがトラブルに見舞われた時、すぐに駆けつけることができる。さすがに過保護だろうか。それ以前に、気持ち悪いと思われるかもしれない。まるでストーカーじゃないか。しかしユウナは、明るい顔になる。

「それがいい！　そうしようよ！」

もしかしたら彼女は、最初から俺を誘おうと思っていたのかもしれない。一緒に東京へ行かないかと。

「大地君も上京してくれるのなら心強いよ。絶対そうしよう。絶対だよ」

「あ、ああ、わかったよ」

東京には一回だけ行ったことがある。小学生の頃、親や親戚と観光旅行をしたのだ。だが、住むとなったら話は別だ。東京で生活するなんて、それまで想像したこともなかった。

「一緒に行こうね、東京の大学」

ユウナの笑顔に、俺はうなずきを返す。

それが彼女との最後の対話だった。

「うちの子、大地君のところにいる？」

「いいえ、今日は来てませんよ」

「そう……」

「どうかしたんですか？」

「自転車で出かけたまま、戻ってこないの。電話もつながらないし」

ユウナの母親から連絡があった。

スマートフォンで彼女にメッセージを送信した場合、いつもならほとんど間をあけずに返信がある。だけどその日は、いつまで経っても彼女から返事がなかった。

天気予報では小雨のはずだったのに、窓を打ち付けるような勢いで雨が降っている。ほとんど横殴りだ。

ユウナの母親は警察に連絡し、周辺地域を捜索してもらうことになった。

俺も大雨の中、レインコートを着て近所を探して回る。

空を覆う分厚い雨雲のせいで日中でも薄暗かった。

ずぶ濡れになって家に戻ると、泣いている俺の両親と祖父母がいた。

沈痛な表情のみんなを見て、俺は立ちすくむ。

「ユウナは？　見つかったの？」

俺は一縷《いちる》の望みをかけて質問する。

母と祖父母が黙り込む中で、父が声を震わせながら言った。見つかった、と。

じゃあ、どうしてみんな、そんな顔してるんだよ。俺はレインコートを着たままだった。

流れ落ちる水滴が足元で水たまりを作る。全身がぐっしょりと重かった。

「どこにいたの、あいつ」

「水路の先の方だ」

「今、どこ？　もう家に帰ってるの？」

「いや、まだだ。警察に引き取られて、調べてもらってる」

悪い出来事が起きたことを察するが、俺は理解を拒否した。

「警察が引き取った？　何を調べてもらってるの？」

「事故で亡くなった場合は、大抵、そうするんだ」

俺は父に背を向けて家を出ていこうとする。

「待て、大地。どこに行くんだ？」

「決まってるだろ！　ユウナを探しに行くんだよ！」

「もう見つかった。探しに行く必要はない」

外に出ると雨が機関銃の一斉掃射でもしているように打ち付けてくる。父が追いかけてきて俺をはがいじめにした。引き離そうとするが、父の腕はがっしりとしていて、なかなか外れない。

「放せよ！　ユウナを見つけないと！」

「落ち着け、大地！」

父が俺を倒して、雨水でどろどろになった地面に押さえつける。

「もう手遅れなんだ」

父が俺から離れる。なんとか身を起こすが、立ち上がる力が出てこない。

母が傘を差して俺のそばに来ると、抱きすくめてくれた。雨粒が傘にあたって、バチバチと花火のような音をたてた。その音が、ユウナと一緒に眺めた、線香花火の火花を思い出させた。

線香花火だ。
闇の中に散る、光の残像。
俺の横に、彼女はいて、線香花火を見つめていた。
その記憶が蘇《よみがえ》る。
火球が落ちると、暗闇になった。

後から振り返って思うことだが、俺はたぶん、みっともなく家族の前で泣いてしまったのだろう。あまり覚えてないけれど。

通夜《つや》には参列した。葬儀場には泣きはらした顔のユウナの両親と弟の一郎がいた。秀、満男、塔子も、それぞれの親と一緒に来ていた。みんな俺を見て痛ましい表情をしていた。彼女の棺《ひつぎ》を見ても、まだ心のどこかで、全部、嘘なんじゃないかと思えていた。横たわっているユウナには傷もなく、ただ目を閉じているだけに見えたからだ。

葬儀を経て、彼女は焼かれ、骨になる。ユウナの両親の願いで、俺も火葬場に同行した。煙突から出た煙が、空に上っていくのを見た。

ユウナが俺の人生に関わっていたのは七年間ほどだ。自分の気持ちを打ち明けることのできないまま、そうして彼女はいなくなった。

不意に胸が苦しくなり、息ができなくなる。一歩も動けなくなり、目をぎゅっと閉じて、発作が過ぎるのを待たなくてはならない。喪失感が物理的な痛みとなって心臓の周辺を貫いた。思考をしているのは脳みそだけど、なぜか胸のあたりが苦しいのは、心がそこにあるせいだろうか。

当時、自分がどんな風に学校へ通っていたのか記憶が曖昧《あいまい》だ。夏休みが終わり、二学期がはじまっても、クラスメイトたちは俺に話しかけてこなかったような気がする。俺とユウナが親しかったことは全員が知っていたから、どういう態度で接すればいいのか、わからなかったのだろう。

いや、違う。中には俺をはげまそうとしたクラスメイトもいた。だけど俺の方が避けていたのだ。話しかけられるのが煩《わずら》わしく感じて教室を抜け出すことも度々あった。教室のにぎやかさについていけない。自分勝手なことだけど、クラスメイトたちの明るい表情、楽しげな様子に怒りさえこみあげた。ユウナが連れて行かれた死の世界のことを思うと、教室の喧騒《けんそう》があまりにも生命力にあふれており、理不尽な気分にさせられたのだ。

当たり前にできていた会話ができなくなった。笑うこともなくなった。

「大地、大丈夫か？　ちゃんと、ご飯、食べてる？」

休憩時間、別のクラスの塔子がやってきて話しかけてくる。

彼女は高校に入ってソフトボール部に所属していた。毎日、特訓しているらしく、日焼けした健康的な肌をしている。色白だったユウナとは対照的だ。

「……食べてるよ。ありがとう」

不思議と幼馴染の声は煩わしいとは思わなかった。秀や満男に話しかけられた時も俺は彼らの声に感謝と安らぎを見出せた。同じ喪失感を抱えた者同士という意識があった。

塔子は窓からグラウンドを見つめる。その横顔は女子生徒というよりも、イケメンの男子生徒という印象だ。実際、後輩の女の子からラブレターをもらったこともあるらしい。

「大地も何か打ち込めるものを探すといいよ。悲しい気分が、すこしだけ、うすれるから」

「部活をしてる間は、思い出さない？」

「強制的に目の前のことに集中させられるからね。体を動かすと、現実とのつながりを感じるというか……。うまいこと言えないけどさ」

塔子が俺を心配して立ち直らせようとしていることが伝わってくる。

「ありがとう。そのうちきっと、俺はもとに戻るから。でも、今はまだ、ショックを引きずっていて、気分をまぎらわせたいって感じでもないんだ」

いつかユウナのことを思い出さなくなって、その死を悲しまなくなることが、怖いのかもしれない。その時、本当に彼女がこの世からいなくなるような気がして。

気づくと冬になっていた。秋がいつのまに通り過ぎたのかわからない。紅葉で山が色づく景色や、コンバインで稲刈りを行う光景を見なかった。実際は視界に入っていたのだろうが、廃人同然の精神状態で暮らしていたから、意識できなかったのだろう。

数ヶ月が経過すると、すこしずつ、俺もユウナの死を受け入れるようになっていた。食事の味もするようになったし、テレビのバラエティ番組のにぎやかさに苛立《いらだ》たなくなった。ふとした瞬間、どん底に突き落とされたかのような喪失感がぶり返すこともあったが、以前にくらべたらずっとましだった。

秀から借りた最新のゲーム機でリアルなグラフィックのＦＰＳをプレイした。ネット経由で世界中の人と対戦できるタイプのものだ。ライフルで敵の頭を撃ち抜く瞬間、不謹慎だけど、悲しみが軽減される。いつか塔子が言っていたことを思い出す。目の前のことに集中することで、悲しい気分がうすれるのだと。照準をあわせ、引き金を引く。俺は次々とゲーム内で敵を屠《ほふ》り、それ以上に相手の銃弾に撃ち抜かれて死んだ。リアルなグラフィックのせいで、ゲーム内で表現される死が、まるで本物の映像のように見える。

俺の操作していた軍人が、水辺で撃ち抜かれ、死体となって浮かび上がる。その様は、ユウナの死を連想させた。

彼女が遊水池で浮かんでいた光景を実際に見たわけではない。だけど、その場所には何度か行ったことがあったので、イメージするのは容易だ。

そこは周囲を木々の茂みに囲まれた場所だった。夏の晴れた日だったら、緑が水面《みなも》に映り込んで絵画のように幻想的だっただろう。彼女が発見された時は、大雨の最中だったから、水面は濁って暗い風景だったに違いない。もしかしたら、流木が浮かんでいるみたいに、彼女の体は水面を漂っていたのだろうか。

溺《おぼ》れた人の場合、その死体は、水底に沈んでしまうこともある。水を大量に飲んでしまい、肺の中まで水に満たされ、浮力を得られないのだ。ユウナの場合、多少、肺の中に空気がのこった状態で力尽きたようだ。だから、浮いていた。


「ねえねえ、大地君、今度一緒に、パフェを食べに行こう。巨大なパフェを出す喫茶店ができたんだよ。ちょっとひくくらいの分量なんだってさ。楽しみだな」

満男が休日に訪ねてきた。先週は塔子が野球観戦に誘ってきたし、先々週は秀がハリウッド映画を観に行こうと言った。週替りで俺を遊びに連れ出す協定でも結んでいるのだろう。ありがたいような、申し訳ないような気持ちにさせられる。俺は彼の申し出を受け入れた。

満男と二人でバスに乗って、隣の市に開業したという、巨大なパフェを提供する喫茶店に向かった。そこはおしゃれな店だった。女の子のグループや、子ども連れの家族が多い。男の二人組は俺たちだけだった。

巨大パフェは、いわゆる話題作りのためのメニューであり、普通の大きさのものも提供されている。俺は小さな手のひらサイズくらいのものを注文した。そもそも、俺はそんなに甘いものが好きではない。

「大地君、大丈夫？　そんなプチサイズのパフェで足りる？　後でおなか空くんじゃない？」

心配そうに満男が言った。

ほどなくして、満男が注文したサグラダ・ファミリアのごときパフェがはこばれてくる。それが店内に登場した時の、他の客たちのどよめきといったらすごかった。メニューを見て、だれもが興味を抱きながら、とても自分では食べきれないだろうと注文をあきらめた巨大パフェ。それを実際に注文した馬鹿がいる。そんな好奇の視線を感じた。

「おまえこそ大丈夫なのか、こんなの頼みやがって」

「当たり前でしょ。何のためにこの店に来たんだよ。これを食べるために、僕は今日、ご飯のおかわりを一回だけで我慢したんだ」

俺たちのテーブルにのせられた巨大建築物を、満面の笑顔で満男が食べはじめる。というか、一回はおかわりをしたんだな。

バニラアイスとチョコレートアイスと生クリームの塔に、様々なフルーツによる芸術的な装飾がほどこされている。満男の解体作業は最初のうち順調だったが、中盤を過ぎたあたりから、次第に苦しそうな表情になってくる。すでにアイスが溶けて混じり合い、巨大な器にたまっている。

「よくやったよおまえは。もう充分だろ」

俺は声をかけた。他の客も、店員も、たった一人でそれを食べきれるなどと思っていなかった。店員の話では、何人かで食べることを前提とした量であり、単独でそれを完全消滅させた猛者《もさ》はいないという。

のこり四分の一。尖塔部分はすっかり消滅し、土台部分がのこった状態で、ついに満男は泣き出した。ぽろぽろと涙がこぼれて、ハンカチで拭《ぬぐ》う。ふくよかな顔が真っ赤になっていた。

「うう……。食べたいのに……。スプーンを持つ手が、もう……、動かないよ……」

「だれもおまえを責めない。それどころか、見ろよ、店員も、他の客たちも、みんながおまえの健闘をたたえている」

満男は敗北感で顔を覆っていたが、周囲からは拍手が聞こえてくる。なんだこの状況。俺はすこし呆《あき》れながら、満男の泣いている顔を見るのは数ヶ月ぶりだなと思い出していた。

前回、彼が涙を見せた時、俺の方も精神状態がぎりぎりだった。葬儀場で俺たちは、ユウナの眠る棺と対面していた。その日、俺たちは喪服のかわりに制服を着ていたのだが、彼の着ている制服は、ぱつんぱつんのサイズで、今にもはちきれそうになっていた。ちょっとした衝撃で、シャツのボタンが弾けとんでいたら、大事件になっていただろう。そんな状態の満男が、ユウナの横たわる棺の前で泣いていた。ずっと思い出さなかった光景が、不意に頭に浮かび、数ヶ月遅れでおかしみを感じる。

俺は気づくと、泣きそうになるのをこらえながら笑っていた。あの日のことを、できるだけ思い出さないようにしていたのに、まさかこんな風に明るい気持ちで向き合えるなんて。

「ありがとう、満男」

俺はその場で彼に感謝する。

巨大パフェの土台部分をのこして、俺たちは店を出た。

十二月になり、期末試験が間近に迫っていることに気づく。二学期の間、心を閉ざして日常を送っていた俺は、授業をまったく聞いていなかった。秀に助けを求め、試験範囲を教わり、ノートをコピーさせてもらう。

「FPSなんて、やってる場合じゃなかったな」

「まったくだ」

「うれしいよ、大地がもとに戻ってくれて。沈んだまま、二度と浮上しないかもしれないって、心配してたんだ」

まだ完全に心が癒えたわけではない。おそらく一生、抉られた心の傷はのこり続けるのだろう。

彼女が死んでまだ四ヶ月しか経っていない。それなのに、友達と笑いながら話をしたり、楽しいことで盛り上がったりするのは、彼女に悪い気がする。

しかし、ずっとうつむいているわけにはいかなかった。決して忘れたわけじゃない。今も思い続けている。だけど人生は続くのだ。俺たちは日常を取り戻さなくてはいけない。

期末試験は散々な有様だったが、ともかく高校二年生の二学期が終わった。冬休みに入り、一日の大半を自宅で過ごすようになる。クリスマスをささやかに祝いながら、昨年はみんなであつまってクリスマスケーキを食べたなと思い出に浸《ひた》る。みんなというのは、ユウナを含めたいつもの五人だ。だれかの家にあつまってケーキを食べたり、プレゼント交換をしたりするのが小学生時代からの恒例となっていた。今年はさすがに、だれもパーティを開こうなどと言い出さなかった。

年末なので、部屋を片付けようと一念発起する。窓を開け放ち、冷たい風を浴びながら、部屋の埃《ほこり》を掃除機で吸い込んだ。この数ヶ月間、廃人同然だった俺の部屋は、ひどい状態だった。壁に当たり散らした際、石膏ボードがひび割れてしまった箇所もある。どうしよう、これ。ひとまず見なかったことにして、いらなかったものを次々と処分する。

投げつけて破壊された置物の破片がベッドの下に入り込んでいた。それをかきあつめていると、手持ち花火が大量に詰まった買い物袋を発見する。

「花火をしたいな。今度、またみんなでやろうね」

「そうだな。今年も花火をしよう」

「約束だよ」

夏にユウナと話をした翌日、花火を買い込んでおいたのだ。今年は花火をしないまま、夏が終わった。

　また悲しい気持ちになり、花火を燃えるゴミの袋に突っ込もうとするが、ふと手を止める。火薬の類《たぐい》を燃えるゴミにまとめてしまっていいのだろうか。念のため、やめておこう。花火を邪魔にならない場所に置いて、部屋の掃除を続けた。

　大晦日《おおみそか》。一年ののこり時間が数時間ほどになる。我が家では毎年、紅白歌合戦を見ながら、年越しそばを食べた。父が演歌を聞きながら酒を飲み、感極まって泣き出す。軽い認知症の祖父が、とっくに亡くなった大昔の歌手の出番を待っており、「その方なら何年も前に亡くなりましたよ」と祖母に諭されていた。

　零時が近づくにつれ、今年の出来事を否応なく振り返らされる。頭に浮かぶのはユウナのことだった。俺は一人になりたくて、家族のいる居間を離れた。

　二階の自室へと移動し、ベッドで横になる。このまま新年を迎えてしまおうかとかんがえていると、机の上に放置されていた花火が視界に入った。

　コートを羽織り、花火を携《たずさ》えて部屋を出る。

「どこ行くの？」

　玄関で靴を履いていると、母に声をかけられた。

「外の空気、吸ってくる」

「こんな時間に?」

「大晦日なんだし、いいでしょ」

花火は隠し持っていたから母に見られていない。俺は星の広がる夜の中へ出た。きんと冷えた空気が体を包む。

新年を迎える前に、花火でユウナを弔《とむら》おうと思い立った。どこかで聞きかじった知識だが、花火には鎮魂の意味があるらしい。花火大会がお盆の時期に行われるのも、本来、死者の魂を送り出すという目的があったそうだ。一年が終わり、新しい年がはじまる時、彼女のために花火をすることで、俺の心にも一区切りつくような気がした。

寒さで凍えながら俺は歩いた。外灯の乏《とぼ》しい農道は足元が見えないほど真っ暗だ。いつもみんなで花火をした河川敷にたどり着く。角のとれた丸い石ばかりの地面を移動した。みんなでいる時はそんなこと思わなかったが、賽《さい》の川原を思わせる寂しい場所だ。ゆったりと流れる川の水は暗い色をしていた。対岸は闇の向こうにあり、何も見えない。

水の音を聞きながら、花火の用意をした。マッチと蠟燭は仏壇から持ってきていた。火を点した蠟燭を、大きくて平らな石の上に立てる。手持ち花火の先端を炎に近づけた。シュバッと音がして、緑色の鮮烈な火花が吹き出す。ジェット機の噴射口を想像させる勢いだ。ユウナとの思い出を振り返りながら、次々と手持ち花火をする。赤色や黄色、ピンク色や青色の光が丸い石の上に降り注ぐ。

俺はユウナにきちんとお別れを言えていなかった。通夜や葬式の最中、棺を前にしても、彼女の死が受け入れられなかったからだ。

棺の中で眠る彼女の顔は、人形みたいだった。

さよならの一言も、俺は彼女に言ってない。

彼女の棺に、好きだった漫画のコミックスを入れてあげればよかった。

今さら、いろんな後悔がよぎる。

手持ち花火がなくなり、ついに線香花火だけがのこる。十本が束になって売られている線香花火だ。地元の駄菓子屋で売っている商品で、ユウナはこれがお気に入りだった。

彼女にはこだわりがあった。スーパーで販売されている手持ち花火のセットにも、線香花火は入っているのだが、彼女はそれで満足しない。

「俺にはどれも同じに見えるけど」

「微妙に違うんだよ。火花の出方とか。最後に火球が落ちる時の感じとか。この会社が作ってる線香花火は、侘《わ》び寂《さ》びがあるんだよ」

懐かしい彼女との会話。

胸の疼《うず》きに耐えながら線香花火を灯す。

時間をかけて、紙縒りの先端に火球がふくらむ。じりじりとオレンジ色の火花が散りはじめた。他の手持ち花火にはない静けさがある。

遠くから鐘の音が聞こえてくる。冬の星空にその響きは広がり、余韻《よいん》が消えた頃、また鐘がつかれる。大気に音が伝搬《でんぱん》するイメージと、水面にできる波紋のイメージは、すこし似ている。

線香花火を見ながら、俺の頭の中には、いつかユウナと二人で行った水見式の儀式が思い出されていた。水面に浮かぶ葉っぱの下から波紋が生じ、コップの縁へと広がっていく様を。

ゆらめく水の上に横たわる葉っぱ。

いつしかそれが、水面に浮いているユウナの姿へと変化する。

ぼんやりと、陶酔に似た状態で火花を見つめる。闇の中に生じては消えるオレンジ色の瞬《また》き。それが、ひどくゆっくりに感じられた。時間の進み方が引きのばされておかしくなったみたいに。火花の爆ぜる音は、傘に降り注ぐ雨音のようだ。ユウナが死んだ日に聞いた音。

ちゃぷん、と、水の音がした。川で何かが、はねたのかもしれない。

ちゃぷん……。

水中で人が身動《みじろ》ぎしているかのような音にも聞こえる。奇妙なことに、その水音は、俺のすぐ近くから聞こえた。俺は立ち上がり、音のした方を見る。最初のうち、そこに浮かんでいるものが何なのかわからなかった。

線香花火の火花が周囲をパチパチとオレンジ色に瞬かせる。暗闇の中に浮かんでいるのは、女のものと思われる黒い髪の毛だった。水中を漂うみたいに、ゆれ動いている。

白い腕や首筋が、俺の身長よりすこし高いあたりに見えた。

人だ。人が、仰向《あおむ》けの状態で浮いていた。ひらひらとしたその服には見覚えがある。自分は夢を見ているのだろう。そう自覚していても、彼女に向かって、思わず呼びかけてしまう。

「ユウナ?」

恐怖よりも驚きの方が勝《まさ》った。彼女が横たわった状態で漂っている。まるで水に浮いているかのように。不思議なことに、彼女の体が空中でゆれ動くと、水音がして、彼女の周囲に気泡の弾けるような音もする。しかし、水は存在せず、空気があるだけだ。

髪の毛が漂うように動いて、形の良い目鼻立ちがあらわになる。数ヶ月前、棺の中で目を閉じていたユウナの顔で間違いない。火葬され、煙となり、もう地上のどこにも存在しないはずの彼女の顔が目の前にあった。

俺の呼びかけに応じるように、まぶたをわずかに痙攣《けいれん》させ、目を開ける。長い眠りから覚めた直後のような、まどろんでいる様子のまま、瞳が俺に向けられた。

「……大地君？」

ごぼごぼ、という水音とともに、彼女が、懐かしい声を発した。

一ノ瀬ユウナが浮いていた。

2

二〇一九年、一月二日、秀に誘われて初詣《はつもうで》に出かけた。神社の本殿前に参拝客が行列を作っている。境内《けいだい》の端の方でお焚《た》き上《あ》げが行われており、旧年の御札やお守りを参拝客が炎にくべていた。人々を悪いものから守ってくれたご利益《りやく》のある品々が、煙となり、冬の空へと上っていく。

「なあ、幽霊って本当にいると思うか?」

境内をぶらつきながら俺は質問する。秀はいやそうな顔をした。

「幽霊なんか、いるわけないだろ。ふざけんな、馬鹿」

いきなり罵倒《ばとう》が飛んでくる。こいつはオカルト関係の話に異常なほど耐性がない。小学生時代、俺の語った怪談がトラウマになっており、現在も照明を点けた状態でなければ怖くて眠れないのだという。かわいそうなことをした。

「死んだ人が戻ってくることって、ありうると思うか?」

「だから、やめろって、そういう話。正月だぞ。楽しい話をしようぜ」

秀は縦にひょろ長いメガネ男子である。メガネのレンズをハンカチで拭いて顔にかけなおした。

「最近、ダークソウル３のＲＴＡに挑戦してるんだけどさ、なかなか記録を縮められなくてまいったよ。フロム・ソフトウェアの新作、楽しみだよな。日本が舞台らしいぜ。どうなるんだろうな」

俺の話をそらそうとしている。

「おまえの明晰な頭脳に聞きたいんだけど、もしも俺が、お化けを見たと言ったら、ひくか？」

「そういえば知ってるか、『ブレードランナー』や『アキラ』の舞台がちょうど今年なんだってさ」

「死んだ人に話しかけられた時って、どんな反応をすればいいんだろう。おまえだったらどうする？」

「なあ、大地、ドラクエⅨのソフト持ってたよな。今度、貸してくれよ。ひさしぶりにやりたくなったんだ」

「十年も前のゲームを今さらか？　あいにく、もう手元にないよ」

「売ったのか？」

「タイムカプセルに入れたんだ。何年か前、みんなで埋めただろ、神社裏に。俺、遊ばなくなったゲームソフトをいくつか入れておいたんだ。それより秀、話をそらさずに意見を聞かせてくれよ。幽霊って、いると思うか？」

秀は観念した様子で息を吐き出した。

「……そんな話したくないけど、もしも大地が、そういう心霊体験をしたのだとしたら、たぶん僕は、どんびきすると思う。そして科学的な見地から、おまえが見たものを否定するよ。例えば、何かの見間違いだったり、おまえの頭に異常があったりして、別のものをお化けと結びつけているんじゃないかって説得にかかると思う」

「もしもの話だぜ。本物の幽霊としか思えない奴に会ってしまったら、俺、どうすればいい？」

「だから、やめろって、そんな話……。僕、苦手なんだよ。知ってるだろ？」

「俺の曾祖母が、すごい霊感の持ち主だったんだ。床から生えた手を避けて歩いたり、死者に呼び止められて立ち止まったり、日常茶飯事だったらしい。もしかしたら、自分にもその血が流れているんじゃないかって」

これまで幽霊なんて見たことがなかったから、俺には霊感なんてないと思い込んでいた。だけど、もしかしたら。

気づくと、いつのまにか秀がいない。俺がオカルトの話をやめないから、声の聞こえない位置まで遠ざかっていたらしい。すっかり青ざめた顔をしている。

「悪かったよ。もうお化けの話はしない。駅前のゲーセンに寄って帰ろうぜ」

「頼むよ、まったく。でも、正月から開いてるゲーセン、あるかな」

参拝客の列を横目で見ながら、俺たちは神社を後にする。

俺と秀は、駅前のゲームセンターですこしだけ遊んだ後、チェーン系の牛丼屋でお昼を食べて別れた。彼は電機店の初売りを眺めてから帰るというので、俺だけでバスに乗り地元へ戻った。

バス停から家まで歩いていると、トレーニングウェア姿でジョギングをする塔子に遭遇した。正月だというのに彼女は運動を欠かさない。

「あけましておめでとう、大地」

「おめでとう、塔子。さっきまで秀と初詣に行ってたんだ」

立ち止まって俺たちは世間話をする。家族のことや、地域で起きた出来事が大半だ。塔子は芸能人に詳しくないため、芸能ゴシップなどを話題にしても反応がない。

「そういえばさ、大地。昨日、ユウナの家のそばに、いなかった?」

塔子がふと思い出したように言った。

昨日と言えば、元日だ。

「お父さんの車に乗って親戚の家に出かけようとしてたんだよ。そしたらさ、国道のあたりから、見えたんだ。ユウナんちの塀のそばに屈《かが》み込んでいる大地の姿が」

この地域は田んぼや畑が多いため、遮蔽《しゃへい》物がすくなく、国道のあたりからも遠くの民家が見える。でも、国道からだと、ユウナの家のそばにいる人間の姿なんて、米粒くらいの大きさになるはずだ。塔子の目の良さに感嘆した。

「なんのことだ？　俺がそんなところにいるわけないだろ？」

「じゃあ、私の見間違いだったみたい」

彼女のさわやかな表情に、俺の返答を疑っている様子はない。

「また、みんなであつまろうね」

塔子はそう言うと、ジョギングを再開し、すぐに見えなくなった。

彼女に本当のことを言わなかったのは、俺の頭がおかしくなったと、心配されるのを避けたかったからだ。それにしても、彼女は遠くから俺を目撃したようだが、その時、俺のそばに浮いていたもう一人の存在は目に入らなかったのだろうか。屈んでいる俺の姿が見えたのなら、浮いていた彼女についても視界には入っていたはずだ。おそらく塔子には、ユウナの姿が見えていなかったのだろう。

「大地君？　なんでここにいるの？」

大晦日《おおみそか》の夜、俺の目線の高さに浮かんで漂いながら、一ノ瀬ユウナの形をした何かは言葉を発した。線香花火はすでに消えており、平らな石の上に立てた蠟燭《ろうそく》の小さな明かりが周囲を照らしている。

どう見ても、目の前に浮かんでいるのは、ユウナだった。

その声も、記憶の中の彼女の声と一致する。

ぼんやりとした表情で彼女は周囲を見る。

「なんで、私、浮いてるの……？」

弱々しい声だ。

「自転車は？　どこ？」

彼女の問いかけに、俺は意を決して声を出す。

「自転車って？」

「私の自転車……。雨の中、転んじゃって……」

「ユウナ、何があったか、覚えてる？」

彼女は横たわった姿勢のままだ。手品師のやる空中浮遊マジックを間近で見ているような気分だった。しかし糸で吊られている様子はない。ひらひらした服の生地のふくらみや、髪の毛のふわふわゆれ動く様子から、彼女に重力が働いていないことがわかった。

「私、暗い水に落ちて……。それから……」

かんがえこむような沈黙の後、彼女は言った。

「私、死んじゃった……」

俺は手をのばして、彼女の腕をつかんだ。そんなことをしても、すり抜けてしまうんじゃないかという気がしていた。目の前に浮いているユウナには現実味がなかったからだ。しかし俺の手は、おどろいたことに、彼女の細い腕をとらえて、しっかりと握りしめることができた。手の中に彼女の肉体の感触があった。ただし体温はなく、冷たい。

「大地君」

彼女が名前を呼ぶ。

腕を引っ張ると、水の抵抗のようなものがあったものの、ユウナの体を俺の方に引き寄せることができた。

「ユウナ、おまえは死んでない。気のせいだ。だってここにいるだろ」

すこし前まで、彼女の死を受け入れようとしていたはずなのに、俺の口から出てきたのはそんな言葉だった。

「そうなのかな？　私、死んだ気がするんだよね……。レインコートが水路の壁に引っかかって、しがみついたけど、それも脱げちゃって……。私、流されて……。溺《おぼ》れて、ああもうだめだって、なっちゃって……」

「嘘だ。夢でも見たんだよ」

「目の前が暗くなって、真っ暗な水の中を、ずっと漂ってた。眠ってるみたいな状態で。それから、だれかに呼ばれた気がしたの。目をつむってるのに、線香花火の光が見えて……。気づいたら、大地君がいて、線香花火をしてた」

ユウナが姿勢を変えようとする。横たわった状態から体を動かして、立ち上がろうとするが、うまくいかない。そもそも足を地面につけていないため、靴を履いたつま先が、空中を蹴っているだけだ。無重力状態の宇宙飛行士みたいに慣性が働いており、意図しないスピン運動をしてしまう。

ユウナは、俺の手をつかんで、姿勢を安定させた。

「これ、どういう状況?」

「俺が知りたいよ」

「大地君……」

心配そうに彼女が俺を見る。

自覚していなかったが、いつのまにか俺は涙を見せてしまっていた。

「教えて。私、死んでるよね？」

俺はそれ以上、嘘をつくことができず、うなずいた。

彼女は目を閉じた。

「そっか……、死んじゃったか、私……」

あきらめたような声に、胸が苦しくなった。

大晦日から元旦にかけての夜、俺とユウナは再会を喜び合い、すこしの時間、語らった。浮いているユウナを地上につなぎとめるように、手をしっかりと握って、彼女の死からこれまでの出来事を話した。彼女は死者であり、自分がすでに死んでいることを理解している。だけど、話をしてみた感じ、生前のユウナとすこしも変わらなかった。

「お葬式もやったの？」

「みんな、泣いてたよ。秀も、満男も、塔子も」

「大地君も泣いた？」

「もちろん」

「参加したかったな、私も」

「おまえ、主役だったじゃないか。一番、目立つところで寝かされてたぞ」

「何も覚えてないよ」

「入れ替わりで順番に泣きながらおまえの寝てる棺《ひつぎ》を覗き込んだんだぜ」

「冷静にかんがえると、寝顔をみんなに眺められるのって、ちょっと恥ずかしいんだけど」

「それどころじゃなかったんだって。全員、テンパってて。俺は一郎に怒られるしさ」

「なんで？」

「俺がおまえをちゃんと見張ってないからだって。そのせいでおまえが死んだんだって」

「ごめんね、大地君。私がドジで水路に落ちちゃったのがいけないのに。全部、私の不注意のせいなのに……」

地面からすこし浮かんだ状態で彼女は話をする。放っておくと体が傾くので、地面に手をつこうとするが、すり抜けてしまった。彼女が触れられるのは俺の体だけらしい。俺の手につかまって姿勢をまっすぐに保つ。

しばらくすると、彼女が首をかしげた。

「あれ？　なんか、体が変だよ」

地面から浮いて膝《ひざ》を抱えるような状態でスピン運動していた彼女の輪郭《りんかく》が曖昧《あいまい》になっていた。

「もしかしたら、私、そろそろ消えるのかも」

彼女の発言に俺は動揺する。

「わかるのか？」

「うん。全部が遠くなっていくのがわかる。声も、大地君の顔も……」

彼女の声が先細りになったかと思うと、つかんでいた手首の感触が不意に消えた。まるで煙でも握りしめていたかのようにユウナの体が霧散する。

「ユウナ!?」

呼びかけてみたが、彼女はどこにもいない。河川敷に夜の闇が広がっているだけだった。彼女の消滅に体が引き裂かれるような思いがした。せっかく再会できたのに、という悔しさがあった。

しかし、次第に心の高ぶりはおさまって、一転して不安になってくる。ついに自分の頭のたがが外れてしまったのではないか、と俺は心配になってきたのだ。彼女を失ったことに対する精神的ダメージから、幻覚を作り出し、それに話しかけていたんじゃないだろうか、と。

一月一日の午後、睡眠を充分にとった後、検証実験を行うことにした。大晦日から元日にかけての夜に起きた奇跡は、一度きりのものだろうかという疑問があった。

浮遊状態のユウナは俺に語った。

「線香花火の光が見えて……。気づいたら、大地君がいて、線香花火をしてた」と。

それなら試しに、もう一度、線香花火をしてみよう。彼女にその光が届いて、再び俺のいる場所に現れてくれるのではないか。俺はそのアイデアにすがりつく。どうか、そうであってほしいと願った。

父母と祖父母は、年始のテレビでお笑い芸人が大勢出演している生番組を見ていた。俺は家族の目を盗んで昼下がりの庭で線香花火をする。もしも彼女が出てこなければ、夜になるのを待ち、条件を大晦日の晩と同じにして試すつもりだった。

ライターを点火し、紙縒《こよ》りの先を炙《あぶ》った。火薬が包まれている部分が、ぷっくりとふくらんでおり、火が燃え移る。まずは先端に火球ができる。火球は赤色に発光しており、熟《う》れた果実のようでもあり、命を凝縮して玉の状態にしたかのようだ。小刻みに震えながら、やがて火花を散らしはじめる。

検証実験を行うにあたり、線香花火について事前にすこし勉強していた。といっても、ネットで情報をあさってみただけなのだが。

線香花火の燃え方には段階があり、それぞれに名称がついているという。

最初の火の玉がふくらむ状態を【蕾《つぼみ》】。

火の玉からバチバチと力強く火花が散りはじめる状態を【牡丹《ぼたん》】。

さらに火花が連続していくつも重なるようになると【松葉】。

勢いが弱まり、細く垂れ下がった線状の火花になると【柳】。

消える直前、火球から一本ずつ、儚《はかな》い火花が散る状態は【散り菊】。

風流だなと思う。調べてみるまで、こんな世界があったことなんて知らなかった。

オレンジ色の火花に魅了されていると水音が聞こえてくる。昨晩と同じ状況だった。俺の視界の端を、長い黒髪がふわりとよぎる。

空を背景に彼女が漂っていた。服や髪の毛はクラゲの長い足みたいに漂い、広がり、優雅に空中を動く。半分ほど目を閉じた状態の彼女が覚醒し、地面に立っている俺を見下ろした。

「大地君」

彼女が言った。言葉の端の方で、こぽこぽと、水泡の弾ける音がする。水なんてどこにも見当たらないのに、水音だけがたまに聞こえてくる。

確信した。これは繰り返し再現可能な奇跡だ。その事実に安堵と戸惑いがある。

彼女が俺に向かって手をのばし、俺がその手をつかんで地上まで引き寄せる。

ユウナに再会できたことがうれしい。彼女が死んでいなくなったのは、何かの間違いだったんじゃないかと思えてくる。

「ここ、大地君の家?」

地面からすこし浮いて、ユウナは周囲の景色を見回す。

「覚えてるか、昨晩のこと」

「河川敷で話したこと? 暗くてよくわからなかったけど、あそこ、川のそばだったよね?」

「いつもみんなで花火をした場所だ。昨晩みたいにユウナを呼び出せるかどうか、確かめたかったんだ」

陽光の下で見ると、ユウナの姿は奇妙だ。はっきりと見えるのに、実在感に乏《とぼ》しく、まるで風が吹けば煙のように消えてしまうんじゃないかという儚さがあった。そもそも彼女の服は夏の装いで、生地は薄く、腕と首筋の露出が多いタイプだ。おそらく死んだ時に着ていた服装なのだろう。生前に彼女がよく着ていたものだ。しかし、真冬にそんな格好で外にいる人はいない。寒がっている様子がないことから、気温とは無縁の存在なのだろうとわかる。

「私を、呼び出す?」

「昨日みたいに線香花火をやってみたら、ユウナを呼び出せたんだ」

「召喚獣みたいに？」

「まあ、そうだな」

ユウナの目が、かがやいた。

「私、大地君の召喚獣になる」

天然なところが出た。ひとまず聞かなかったことにする。

「正直、悩んでるんだ。ユウナとまた話ができたのはうれしいけど、これは全部、俺の妄想なんじゃないかって。普通は、こうして亡くなった人と言葉を交わすことなんてできないだろ」

「そうだね。そういう意味では、私は恵まれてるな。こんな風に大地君と再会できたんだから」

「本当に恵まれている人は死んでないから」

いつのまにか線香花火が消えている。昨晩もそうだったが、花火が消えた後もユウナはすこしの間、俺のそばに浮いていてくれているようだ。

その時、だれかの来る気配があった。サンダルをひっかけた母が、ふらりと玄関の方からやってくる。

「大地？　あんた、こんなところで何してんの？」

「ああ、うん、ちょっと、線香花火でもしようかなって……」

俺はユウナと母を交互に見る。母には彼女の姿が見えていないようだ。ユウナの方に一度も視線を向けないことから、そう推測できた。

ユウナは宙を漂いながら俺の母に会釈《えしゃく》をする。

「おひさしぶりです、大地君のお母さん。おじゃましてます」

しかし母はユウナの挨拶《あいさつ》を無視した。いや、最初から声が聞こえていないのだ。

「なんで昼間に線香花火なんか」

「母さんこそ、どうしたの？」

「庭の方からだれかの声がしたから様子を見に来たの。あんただったのね、大地。ぜんざい作るけど、お餅、いくつ食べる？」

「じゃあ、二個で」

「わかった」

会話を終えて母は家の中に戻っていく。庭にいるのは俺とユウナだけになった。

「お元気そうで何より、大地君のお母さん。髪型、変えたね」

「前にうちの母さんを見たのって、去年の夏頃だよな。あれから何ヶ月も経って、今は一月一日なんだぜ」

ユウナは、目を丸くしておどろいた顔になる。

「お正月じゃない！　あけましておめでとう！」

「あけましておめでとう」

死者から年始の挨拶をされるとは思わなかった。

「ぜんざいか、いいなあ。私も食べたいけど、さっきの様子じゃあ、無理だろうなあ」

「俺がここにぜんざいの器を持ってきて、ユウナの口に入れることならできそうだけど」

はたして、今の状態の彼女は、食べるということが可能なのだろうか。

「たぶん、だめだよ。体が回転しそうになったから、地面を蹴って反動でまっすぐになろうとしたの。でも、私のつま先、地面をすり抜けちゃう」

「昨日もそうだったよな」

「大地君の手をつかむことならできるんだけど、それ以外のあらゆる物はさわれないみたい」

「食べ物を口に入れたら、ユウナの体を通り抜けて足元に落ちちゃう感じ？」

「たぶんね。食べたかったなあ、ぜんざい。大地君の家で食べるぜんざい、うちと味付けが違うんだよね。うちで食べるのより、おいしいの」

ふと、そんな話をしていていいのかという気分になる。他に何か話しておくべきことがあるんじゃないか。俺はもっと何か、彼女に対し、言うべきことがあるんじゃないか。

「なあ、ユウナ……」

俺が彼女に言うべきこと。

生前の感謝？　別れの言葉？　いや、それらも大事だが、もうひとつある。

恋愛感情をひそかに抱いていたこと、つまり告白だ。

いつか彼女に打ち明けようと思っていたのに、結局、勇気が出ずに終わってしまった。

もしかしたら今この状況は、言えなかった告白を果たせるように、神様がセッティングしてくれたものかもしれない。

しかし俺が何かを言うよりも先に、ユウナが「そういえば」と声を出す。

「大地君、お願いがあるの」

「何だ？」

「私、家族の様子を確認したい」

ユウナの手首を握りしめ、引っ張るようにしながら一ノ瀬家の方へ歩いた。そうしなければ彼女は移動することができない。空中でクロールしてみても、平泳ぎしてみてもだめだった。彼女の周囲で水音が大きくなるだけで、推進力は得られなかった。

この世界と彼女をつなぐ唯一のものは、俺だ。どういうわけか、俺だけが、彼女をつかまえておけるらしい。浮いているわけだから重さはないはずなのに、引っ張って動かそうとすると、水の抵抗に似た重みがある。しかし、人間を一人、背負って移動することにくらべたら、はるかに楽だ。

冬らしい薄い雲が空にかかっている。刈り入れを終えて何も植わっていない田んぼが、隣の集落まで広がっており見晴らしがいい。

一ノ瀬家は、立派な二階建ての日本家屋である。この地域に引っ越すことが決まった際、親戚が所有していた物件を安くゆずってもらったとのことだ。高いブロック塀が敷地を囲むようにのびている。

彼女の家の前で、俺たちは対話する。

「ありがとうね、私の願いを聞き入れてくれて」

「それより、これからどうしよう。家に上がらせてもらう?」

「ううん。今日は外からチラ見するだけでいい」

俺たちはさっそく家の中を覗くのに都合がいい場所を探した。

塀に沿って裏手に回り込む。家の裏には田んぼが広がっている。ご近所の家もないため、だれかに目撃されることもないだろう。はるか遠く、田園地帯を突っ切るように国道があり、車が行き交っていた。この時の俺は、車中から塔子に見られていたなど想像もしていなかった。

「塀が高くて見えないよ」

ユウナは俺にしがみついた状態で、懸命に体をそらし、塀の上から覗こうとする。

「試しに、持ち上げてみるか」

「やってみて」

ユウナの体の腰のあたりを両手で支え、まっすぐ押し上げてみた。触れる時、すこし気恥ずかしかったが、ユウナも同じだったらしく、お互いに無言になる。

「もうすこしで見えそう」

重みはないため、ユウナの体を持ち上げ続けているのに苦労はない。じたばたと動かす足が俺にぶつかっても、中身が空洞のプラスチックのバットがあたっているような感触があるだけで、痛くはない。質量というものが今の彼女には存在しないためだ。

彼女の顔が塀の上に出そうになったところで、大きく姿勢を崩してしまう。

「あー!・」

ぐるりと彼女は前に回転する。咄嗟《とっさ》に塀をつかんで姿勢を立て直そうとするのだが、彼女の手は、そのまま塀をすり抜けてしまう。結果、彼女は顔から塀に激突してしまった。

いや、塀にぶつかったと思った瞬間、彼女の上半身は塀の反対側にするりと入ってしまう。そこに至ってようやく、彼女の体を持ち上げる必要なんてなかったのだと俺たちは気づいた。

「忘れてた。おまえ、通り抜けられるんじゃないか」

塀の向こうを見たいのなら、塀に顔を押し付けるだけで良かったのだ。

「あ！　一郎だ！　一郎がいる！」

塀越しに彼女の声がする。俺に見えているのは、ブロック塀に上半身を突っ込んだ状態で浮いている彼女の姿で、それはあまりにもシュールだったけれど。

ちなみに、一ノ瀬家の側からは、死んだはずの長女の上半身が塀から生えているという、ホラーな光景になっていることだろう。

「おーい！　一郎！　お姉ちゃんだよ！　聞こえる!?　ねえったら！」

ユウナは呼びかけたが、弟が反応して騒ぐ声はしなかった。彼女の声は届いていないらしい。

「お母さんとお父さんだ！　みんないる！　みんな！　ユウナだよ！　ここにいるよ！大地君、みんなが居間でテレビを見てるよ。お正月番組。良かった、元気で暮らしてるみたい」

「まあ、一時期よりは、だいぶましになったかもな。この数ヶ月、俺もひどかったけど、おまえの家も暗かったんだぜ。そりゃあそうだよ。おまえが、いなくなっちゃったんだから」

すこしの間、彼女は遠くから家族を見ていた。塀の反対側だったから、家族を見つめるユウナがどんな表情をしていたのかわからない。

やがて彼女は俺を支えに体を立て直す。上半身が塀の向こう側から戻ってきた。彼女は充実した顔をしている。

「満足か？」

「今日のところはね」

「ユウナが他にやっておきたいことってある？　今日はもう時間が足りないだろうけど、線香花火を使えば、また会えるかもしれない。その時、おまえが現世でやりのこしたことをやろうぜ」

ユウナの目が、かがやいた。

「大地君、それは素敵な提案」

「あるのか、心のこり」

ユウナはうなずくと、両手の指を折り曲げて何かを数えはじめた。支えがなくなったため、彼女の体はゆっくりとスピン運動をはじめるが、気にした様子はない。俺の頭上で逆さまになって浮遊するユウナが、にやけた表情で俺を見る。

「私が死んだのが去年の八月の前半で、今が一月ってことは、その間の四ヶ月間、つまり十六週分くらいの、未読の『ジャンプ』が存在するってことだよね」

「それを読みたいってこと?」

「そう!」

漫画が大好きなユウナにとっては、当然の願いなのかもしれない。

「大地君、私がまだ読んでない『ジャンプ』、捨ててないでしょうね」

「捨ててないどころか、そもそも買ってなかったけどな」

「なんで買ってないの!?」

信じられない、という表情で俺を見る。『ジャンプ』を買ってない人類なんていたの!? という勢いだ。

「おまえが死んで、漫画を読むなんて気分じゃなかったんだよ。でも、わかった。なんとかして、その期間の『ジャンプ』を手に入れるよ。約束する」

その時、彼女の輪郭が、煙でできたみたいに曖昧になった。どうやら帰る時間が近づいてきたらしい。彼女自身も自分の変化に気づいたのか、半袖から出ているむき出しの腕を観察する。皮膚の表面が明瞭さを失い、空気と混じり合っていた。

「もう、行かなくちゃ。あ、そうだ、大地君。私の家のブロック塀、南東の角のあたりを調べてみて。ひび割れたところがあってね、破片になって外れるの。その形がハートなんだよ。家族も知らない、私だけ知ってる秘密なんだ。じゃあ、またね、またね」

ユウナは逆さまのまま拡散し、薄い雲のはりついた空が頭上に広がっているだけになる。

またね、か。これが一時的なお別れだということを確信しているから言える言葉だ。

せっかくだからブロック塀の南東の角を調べてみた。彼女の言う通り、ひび割れた部分がある。指で探ってみると、手のひらにのるくらいの大きさの破片が、かぱっと外れた。ハートの形をしている。ユウナが一人で家のそばで遊んでいる時に、偶然、見つけたんだろうなと想像して、ほほえましい気持ちになった。

いや、待てよと、俺は気づく。

このことを俺は知らなかった。しかし、俺の頭上で浮遊していたユウナは、知っていた。つまり、浮遊するユウナは、俺の記憶から再現した幻覚の類《たぐい》ではないということだ。俺の記憶を元に作り出した幻なら、俺の知っている事実しか口にすることができないはずだから。つまり、浮遊するユウナは確かに死者なのだ。

三学期がはじまり、正月気分も抜け、世間はすっかり平常運転に戻る。午前の授業が終わると、昼休みになって生徒たちは昼食をとる。学生食堂に向かう者もいれば、コンビニで買っておいたおにぎりやパンを教室で食べる者もいる。

俺と満男は、母親が作ってくれた弁当を持って、校舎の屋上に向かった。俺たちの通う高校は、生徒のために屋上を開放してくれており、座って食事をしているグループがいくつもある。遠くまで広がるのどかな風景を眺めながら俺たちは昼食をとった。

「あいかわらず、すげー量だな、おまえの弁当」

「リクエストした通り、からあげが入ってる」

満男は、三段重ねの弁当を広げて、みっしりとつまったからあげを食べはじめた。

秀も一緒に食べることが多いけど、今日はクラスメイトと学食へ行くことにしたらしい。

俺たちは幼馴染《おさななじみ》ばかりとつるんでいるわけではなく、高校で新たにできた友人と時間を過ごすこともあるのだ。

塔子は基本的には俺たちの昼食に参加しなくなった。後輩の女子に囲まれていつも食べている。

生前のユウナは、クラスメイトの仲の良い女子と食事をしていた。彼女は高校に入って、趣味の話で盛り上がれる友人を見つけていた。ベリーショートで背丈の低い、小動物を思わせる顔立ちのかわいらしい女子だ。ユウナの話によれば、その子は小説が好きで、ライトノベルも嗜《たしな》んでおり、漫画の話が通じるのだという。

ユウナの死後、俺は自分のことで手一杯だったから、友人の女子生徒が、どんな風にユウナの死と向き合ったのかを知らない。

満男が俺に、からあげをひとつくれた。ジューシーな味わいだ。彼の母親は料理が上手で、満男がふくよかになるのも理解できる。

「大地君のお弁当に入ってる牛肉を煮たやつもおいしいよね。僕、好きだなそれ」

「食っていいぞ。からあげのお礼だ」

「きみと幼馴染で良かったと、心から思うよ」

二人で弁当を食べながら、何気ない話で笑い合った。

弁当を食べ終えると、満男はポケットから、豆大福を取り出した。

「おまえ、そんなもの、ずっとポケットに入れてたのか」

「うん。家を出る前にね、しのばせておいたのさ。何があるか、わからないからね」

豆大福を必要とする事態とは、いったい。

「満男は本当に食べるのが好きだな」

「大地君も食べるかい、豆大福」

「いや、いいよ。おまえの体温であったまったものだ。おまえが全部、食べるといい」

「ところで、大地君、もう進路は決めた？　最近、担任に聞かれたんだ。大学はどこにするのかって」

満男は豆大福にかぶりつきながら言った。

生前のユウナと最後に交わした会話が思い出される。


「一緒に行こうね、東京の大学」


彼女の声、その瞬間の明るい表情は、はっきりと記憶にのこっている。しかし、その約束をだれかに話したことはない。すぐにそれどころではなくなったから。

「まあ、俺は、入れる大学なら、どこでもいいよ」

「秀君は京都の難しい大学を目指してるらしいよ」

「あいつ、京都が好きだもんな。任天堂《にんてんどう》信者だし」

世界的ゲームメーカーの任天堂は京都に本社がある。

「ちなみに僕は、進学しないことに決めた」

「え、そうなの？」

「お父さんの仕事を手伝うつもり。大学で勉強するよりも、お菓子の仕入れをしている方が、楽しそうだしね。それに、うちのお父さん、パソコンに詳しくないから、僕がかわりにネット注文を受け付ける窓口をやろうかなって。そのために、インターネットの本を読んだり、秀君に話を聞いたりして勉強してるんだ」

「おまえ、すごいよ」

満男のしっかりしたかんがえ方に俺は打ちひしがれた。この地元で家業を継ぐ。満男の決断に、彼の両親は喜んだに違いない。息子がどこにも行かず、これからも自分のそばにのこってくれて、自分たちの続けてきたことを引き継いでくれるわけだから。

「偉いよ、おまえは。俺なんか……」

東京の大学に行くという話は、ユウナが東京に行くと言い出したからであって、彼女がいなくなった今、俺が上京する理由は特にない。

満男の豆大福は、ほんの数口で胃袋におさまっていた。昼休みが終わりに近づき、屋上にいた者たちが教室に向かって移動しはじめる。俺と満男は、くだらない話をしながら廊下を歩いていた。

ふと、視線を感じて振り返ると、ベリーショートで背丈の低いかわいらしい女子生徒が俺を睨《にら》んでいる。生前にユウナと親しかった女子生徒だ。彼女はずんずんと俺の前に近づいてくると、軽蔑《けいべつ》のまなざしを向けながら言った。

「遠藤大地さん」

「……何？」

「どうして、もう、そんな風に笑えるんですか。まだ半年も経ってないのに。ひどいです」

彼女は怒っているようだ。俺が友達と楽しそうにしているのが、我慢ならなかったのだろう。

ユウナのことを、完全に過去のものにしてしまったように見えたから。

満男は俺の横で、あわあわと、うろたえていた。

俺が反論するよりも前に、彼女は背中を向けて歩き去った。


確かに俺は、客観的に見たならもう元通りに精神が回復しているように映っただろう。友人とも、家族とも、何気ない会話で笑うことができた。世界に色が戻り、空や植物の美しさがわかった。食事もおいしい。俺の心の復調は、ユウナに再会したおかげだ。

幼馴染の三人に事情を話すべきか迷っていた。しかし、死者であるユウナの存在を彼らに証明してみせることが難しい。線香花火でユウナを呼び出し、その手をつかんで、ここに彼女がいると説明しても、彼らには見えないのだ。俺はただ何もない空間を手でつかんでいるように映る。彼らに心霊的な存在を納得させるにはどうすればいいだろう。ひとまずこの問題を俺は保留にした。

「大地、おまえに宅配便が届いてたぞ。何が入ってるんだ？」

高校から帰宅すると父が言った。玄関に大きめの段ボール箱が置いてある。

「漫画だよ。すこし前の『ジャンプ』。ネットで中古を取り寄せたんだ」

ありがたいことに、ネットで検索をすると、手に入れたかった期間の『週刊少年ジャンプ』の古本が、まとめて売りに出されていた。俺は箱を開けて、中身を確認する。

「楽しそうだな、大地」

俺の様子を見て、父が言った。

「おまえの気持ちが上向いてくれて良かったよ」

「心配かけてごめん」

「もっと時間がかかると思ってた。その荷物、おまえの部屋まではこんでやろうか？」

「大丈夫、自分でやるよ」

「そうか。じゃあ、俺は畑を見てくる」

父が外へ出るのを見送って、俺は箱を抱えて階段を上った。

一時間後。二階の俺の部屋に母がやってきた時、俺は取り寄せた『ジャンプ』のうち一冊を膝《ひざ》の上に広げて読んでいた。

「大地、ちょっといい？　スマホの操作でわかんないことがあるんだけど……」

部屋に入るなり、母は、怪訝《けげん》な表情でにおいを嗅《か》いでいた。

「なんか、変なにおいがしない？」

「気のせいでしょ」

「あんた、煙草《たばこ》吸ってないでしょうね」

「吸ってないよ」

「ねえ、スマホでメールを書いてたら、キーボードが急に英語になっちゃった。どうしたらいい？」

母にスマホの操作を教えると、すぐに部屋を出ていってくれた。窓をあけて換気をしていたのだが、火薬の燃えたにおいが、わずかにのこっていたようだ。

「大地君のお母さんも、スマホにしたんだね」

俺の肩に手をそえて、回転運動しそうになる体を制御しながら、浮遊状態のユウナが言った。彼女の髪の毛がゆらゆらと漂ってきて視界に入る。やはり母は、彼女の存在に気づかなかった。ずっと俺の上に浮かんでいたというのに。

「年末まで二つ折りの携帯電話だったんだけどな。さすがにＬＩＮＥも使えないし」

室内で線香花火をした。水をくんだバケツを準備して、火災にならないよう気をつけていたが、今後は外でユウナを呼び出して二階まで連れてくるといったやり方をすべきなのかもしれない。あるいは、『ジャンプ』を携《たずさ》えて外に行くかだ。

「大地君、続き。早く」

「わかったって」

ユウナが俺の肩をゆすろうとする。しかし重みのない彼女から受ける力は微々たるものだ。

俺はユウナに『ジャンプ』を読ませていた。彼女の指はページをすり抜けてしまうため、一枚ずつ、彼女の読むスピードにあわせてめくってやらなくてはいけない。ユウナは俺の頭のそばに浮遊しながら、膝の上にのせた『ジャンプ』を覗き込んでいる。キャラクターの台詞《せりふ》に一喜一憂し、感動し、興奮し、笑うユウナを横目で眺めた。

「次のページ！」

ぼんやりと彼女の表情の変化に見とれていたら、ユウナは怒ったように俺の頭をたたいた。すこしも痛くはないどころか、反作用の影響で彼女の方が姿勢を崩してどっかへ飛んでいきそうになる。

「私が死んでる間に、こんな展開になっていたなんて。死んでる場合じゃなかったな、これは」

本当に漫画が好きなんだなと思う。

「最初に会った時のことを思い出すよな」

ページをめくりながら俺は小学四年生の時を思い出していた。バスで出かけた滝の見える公園で、俺の持ってきた『週刊少年ジャンプ』をきっかけに彼女と親しくなったのだ。

「俺があの日、リュックに『ジャンプ』をしのばせていなかったら、今みたいに話をしなかったかもな」

「そうかな？　近所に住んでたわけだから、遅かれ早かれ、友だちになってたと思うよ。塔子ちゃんや、秀君や、満男君と、みんなで遊び回ってたと思う。あの日、子ども会のバス遠足に行って良かった。本当は、行きたくないなって、思ってたから。知ってる人、だれもいなかったし」

ページを一枚、めくる。見開きの絵で主人公が敵に必殺技を繰り出している絵だ。力の入った構図。魂を震わせるような線だ。

ページをめくって次の掲載漫画を開く。

俺たちはお互い、無言になる。

かわいらしい女の子が半裸になった絵。すこしエッチなラブコメ漫画だ。若干の気まずさを感じながら俺はページをめくる。性を意識させられる絵柄と物語。一人で読む分にはいいが、女の子と一緒に読むのは恥ずかしい。

「この人の描く女の子、やわらかそうだよね」

ユウナが照れくささを隠すように言った。生前の彼女だったら、すこし顔が赤くなっていただろう。しかし浮遊する彼女の頬《ほお》は白いままだ。血色の良さというものが皆無なのは、やはり、死んでいるせいだろう。

一冊の『ジャンプ』を読み終える頃、彼女の輪郭が部屋に溶けて、ユウナは消えた。これから時間の許す限り、俺はユウナを呼び出し、彼女のために『ジャンプ』のページをめくるつもりだ。未読の号を消化しても、毎週、新しく『ジャンプ』は刊行される。いや、それだけではない。ユウナが毎週、購読していた漫画雑誌は『ジャンプ』だけだったが、単行本で様々な漫画を買いあつめていた。スマホで読むことのできる漫画サービスもチェックしていたはずだ。ユウナはそれらにも目を通したいだろう。

俺は、彼女を呼び出す名目があることに安堵する。無意味に死者を召喚しているわけではない。これをすることが彼女の望みなのだと理由付けすることができた。実際は、俺がユウナに会いたかっただけなのだが。

線香花火に火を点けて、二度目のユウナの呼び出しをすべきか迷った。彼女はすぐにでも連載の続きを読みたいだろう。それとも、俺の前にいない時、彼女の体感時間などというものは存在せず、続きが気になるという感覚もないのだろうか。

続きは明日にした。じきに夕飯の時間だからだ。腹が空いた。そう感じるのは生きているからだ。すこし前の俺は空腹さえ感じることもできないほど落ち込んでいた。

ユウナと一緒に時間を過ごすことができて俺はうれしい。彼女は死者であり、浮遊しており、この社会から外れた存在だ。だけど、それでもいいと思える。

ひとつだけ気になることがあった。ユウナを呼び出す際に線香花火を一本、消費している。しかし、手元にはもう、それほどのこっていなかった。昨年の夏に買ったものは、のこり数本だけだ。

また、買っておかなくてはならない。ストックを用意しておく必要がある。冬だから、花火を売っている店はすくないだろうけど、探せばどこかにあるだろう。この時の俺は、この問題を深刻にはかんがえていなかった。

期末考査の結果が惨憺《さんたん》たるものだったせいで居残り勉強を課せられた。教師に出された課題を解き、それを提出してからでないと帰れない。放課後の高校校舎は独特の静けさがある。遠くの方から、吹奏楽部の楽器を鳴らす音が聞こえてきた。

職員室の担任教師に課題を提出した頃、二月の空は夕焼けに染まっていた。窓から差し込む西日が無人の廊下を赤色に染める。走り込みを行っている運動部の姿が窓から見えた。

正面玄関に向かっていると、前の方から見覚えのある顔が歩いてくる。彼女は俺と目があうと、緊張したように口元を結んだ。背丈の低いベリーショートの女の子。名前は矢井《やい》田凜《だりん》というらしい。先日、ユウナから聞いた。『週刊少年ジャンプ』を一緒に読んでいる時、彼女に会った話をしたのである。

矢井田凜は図書室で借りたものらしい小説の本を何冊か腕に抱え込んでいる。

「矢井田さん」

すれ違う間際、彼女に声をかける。彼女は緊張した様子で立ち止まった。なんで話しかけてくるの、と困惑している様子だ。

「なんですか、遠藤君」

「いや、ちょっと、話しかけてみたくて」

「そうですか。さようなら」

さっさと彼女は歩き出そうとする。あわてて俺は言いたかったことを口に出す。

「俺、忘れたわけじゃないよ、ユウナのこと」

矢井田凜は俺を振り返る。

彼女はユウナの親友だ。俺が教室で男友達と過ごしている間、ユウナは別の教室で彼女とおしゃべりをしたり、ご飯を食べたりして過ごしていた。

彼女の話をした時、ユウナは言っていた。

「凜ちゃんのこと、気にかけてあげて。きっと、落ち込んでると思うから」

だから話しかけることにしたのだ。それがユウナの望みだから。

矢井田凜が仏頂面で言う。

「そうは見えませんでした。遠藤君は、もうユウナの死がなかったみたいに、友達と笑うことができていました。不謹慎です」

「何が不謹慎なんだ。あいつがいなくなってしばらくは、廃人同然だったんだぞ。もうそろそろ普通に戻ってもいいだろ。俺はがんばって日常を取り戻したんだ」

「まだ半年も経ってないんですよ。テレビだって、災害が起きて大勢が亡くなった後は、お笑い番組を自粛しますよね。それと同じです。私はいまだにユウナがいなくなったことを悲しんで泣いたりしますし、笑うこともできません。つまり遠藤君よりも私の方が彼女への情が深かったということです」

「どうしてそうなるんだよ。いつまでも塞ぎ込んでるわけにはいかなかったんだ」

俺は正直、困惑していた。矢井田凜というこの女、やばい奴なのかもしれない。

「俺は忘れてないよ、あいつのこと。今も毎日、思い出してる。正直、矢井田さんの気持ちもわかるんだ。あいつが死んだ後、教室で楽しそうにしてる奴らにむかついた時期があったから。でも、怒るのは間違いなんだ。俺たちは、ユウナのために、笑ってなくちゃいけないんだ。今はそう思えるようになっただけだ」

彼女は、何かをかんがえるように無言になる。

息を吐き出して、彼女は言った。

「……そうですね、遠藤君。きっとあなたの中にも、様々な葛藤があった。そして、私よりも早く、日常に戻ることができた。ただそれだけのことだったのかも……。この前のことも謝ります」

「いいよ、別に。それに……」

がんばって日常を取り戻した、なんて言ってしまったが、それは嘘だ。

俺は今も非日常の中にいる。だけどそれを説明できない。俺は結局、言葉を飲み込んだ。

「とにかく、矢井田さんのことが気になって、声をかけてみたんだ。ユウナの親友だったから、きっと落ち込んでるだろうなって。話をしてくれてありがとう」

「遠藤君のことは、ユウナからもよく話を聞きました」

彼女の態度がやわらかくなり、俺は安堵する。

「ユウナの家に、矢井田さんから借りて、そのままになってる漫画があるらしいね」

「うん。おもしろかったから読んでみてって、彼女に貸したんです。去年の夏休みに遊んだ時……。それが彼女と会った最後の日になってしまいました……。でも、どうしてそのこと、知ってるんですか？　ユウナに聞いた？」

「まあな。あいつも気にしてたよ。ずっと借りたままだから、早くきみに返さなきゃって。ああ、もちろん、その話をしたのは、あいつが生きてる時だ。去年の夏休みに、そういう話をしたんだ」

俺は嘘をついた。実際は数日前、浮遊するユウナから聞いたのだ。矢井田さんの話題になった時、単行本のことを知った。

「ユウナの家に行って、回収してきてあげようか。あいつの家族とは知り合いなんだ」

「あの漫画はあげたことにします。残念なのは、ユウナの感想が聞けなかったこと」

「おもしろかったってさ。クライマックスで主人公が、女の子と一緒に街の上を飛び回るシーンが特にお気に入りだったらしいぜ」

「ユウナに感想を聞いたんですか？」

「うん。俺はその漫画、読んだことないけど、長々としゃべってくれたよ。あいつ、漫画のことになると止まらないんだ。夢中になって話し続けるよな」

「知ってます。でも……」

　矢井田凛は怪訝な表情をする。

「私があの漫画をユウナに貸したのは、去年の夏休み、彼女が亡くなる一週間前ですよ？　その時、ユウナは『夏休み明けに返すね』って言ってました」

「それが、どうかしたのか？」

「遠藤君はさっき、ユウナが気にしていたと言いましたよね。『早く返さなきゃ』って。去年の夏休み中にユウナがそんな発言をするのはおかしくないですか？　夏休み明けに返すって約束してるわけで、返却期限が過ぎているわけでもないのに」

　言われて気づいた。俺の発言にはほころびがあったようだ。

「『早く返さなきゃ』という心理になるには、今現在の視点が必要です。つまり……」

「つまり？」

「遠藤君は、私を気遣って、嘘をついてるんですね。ユウナが私の漫画のことを忘れていないって、印象づけたかった。私を慰めるために。きっとそうなんでしょ」

「まあ、そういうことにしておこうか」

　すこしの間、俺たちは立ち話をした。夕焼けは次第に濃くなり、影の角度と長さが変化する。校舎内の蛍光灯が瞬《また》きながら点灯した。

「ユウナが話してくれる小学生時代の話が好きでした。そこに登場する四人の幼馴染に、軽く嫉妬《しっと》してました。私、ユウナと知り合えて良かったです」

矢井田凜はうつむいて、俺に頭を下げた。

「声をかけてくれて、ありがとう」

彼女は歩き去った。

校舎を出る時、空はすっかり暗い。矢井田凜のことを思い出しながらバス停でバスを待つ。俺はユウナの死をすでに乗り越えて、前に進もうとしているのだと、彼女に誤解させたまま別れてしまった。それを訂正しなかった。そうして彼女を納得させた方が楽だったからだ。しかし、俺は前になど進んでいない。彼女の死を乗り越えてもいないし、日常にも戻っていない。定期的に死者を呼び出して語らうことが心の拠《よ》り所《どころ》となっている。そうやって精神を安定させている。しかしその状態が健全であるはずがない。俺はそのことを理解している。

浮遊するユウナの手は、この世界のあらゆるものをすり抜けてしまう。唯一、しがみつけるのは、俺の体だけだ。彼女は俺につかまることで、この地上とのつながりが保てる。だけど実際、しがみついて、つなぎとめているのは、たぶん俺の方なのだろう。

宗教というものを、これまで深くかんがえたことはなかった。神様とか、あの世とか、そういうありもしないものを作り上げて、献金させるシステムのようなもの、というイメージがあった。人間はだれしも死ぬことが怖い。死によってもたらされる消滅は恐怖そのものだ。宗教はその心理を利用する。死は消滅ではなく、その先にまだ続きがあるのだと見せかけ、恐怖心を麻痺させる。そのために宗教というものはあるんじゃないか、とかんがえていた。

だけど、ユウナが遊水池で浮いているのが発見されて以降、俺はすべての宗教に対する態度を改めた。彼女の魂が消滅したと断じることに耐えきれなかったのだ。様々な宗教が提案しているように、死者の魂は地上を離れた後、あの世と呼ばれる場所で暮らしているのだと想像すると、悲しみがいくらかやわらいだ。真実など重要ではない。そう信じて死者をいたわることが自分自身の悲痛を癒やしてくれる。

その時に俺は思った。宗教というものはきっと、死への恐怖心が作り出したものではなく、死者たちの安寧を願う、のこされた者たちの思いが作っているのだろうと。もしかしたら、何を今さらという種類の、社会の一般常識なのかもしれない。でも、何もかんがえずに生きてきた俺にとっては発見だった。

二月に入ってから、俺は線香花火のストックを求めて動き出していた。ユウナを呼び出して『ジャンプ』を読むという行為を定期的に行っていると、線香花火がついになくなってしまった。元々は十本が束になって駄菓子屋で販売されていた商品だ。大晦日以来、これまでに十本を消費して彼女の降霊を成功させたことになる。

とにかく線香花火が必要だ。それ以外の花火ではユウナは現れない。

子どもの頃から通いなれた駄菓子屋に行き、いつもの線香花火を買おうとした。しかし店の棚に見当たらなかった。

「冬の間はねえ、花火、置いてないのよねえ」

駄菓子屋のおばあちゃんが説明してくれた。

しかたなく俺は近所のスーパーや花火を売っていそうな店を巡ってみることにした。それでもだめな時はネットで取り寄せればいい。幸い、ホームセンターに行ってみると、手持ち花火のセットが販売されていた。セットの中に、線香花火の束が入っている。俺はそれを購入して家に持ち帰った。

だが、セットの線香花火に火を点けてみても、ユウナが現れることはなかった。俺はその結果にあせった。ユウナはもう二度と俺の前に現れないのではないかと、不安で息が苦しくなる。

もしかしたら、普通の線香花火ではだめなんじゃないか？

ユウナが格別に好きだと言っていた、駄菓子屋にならんでいた例の線香花火でなければ彼女は現れないんじゃないか？

俺はそのような予測をたててみる。

翌日、俺は再び駄菓子屋を訪ねた。おばあちゃんに頭を下げてお願いをする。

「宗教上の理由で、どうしても線香花火が必要なんです。去年の在庫を分けていただけないでしょうか。どうか、よろしくお願いします」

おばあちゃんはすこし困った顔をしていたが、倉庫から在庫を持ってきてくれた。俺の要望を聞いてくれたのは、おばあちゃんが俺とユウナのことを覚えていたからだろう。

倉庫から持ってきてくれた線香花火は十束もあった。一束はそれぞれ十本あるため、合計で百本の線香花火のストックが手に入ったことになる。

ついでに、駄菓子屋へ花火の卸売をしている業者の名前と連絡先を聞いておいた。この駄菓子屋の経営は、おばあちゃんの趣味のようなもので、いつ店を閉じるかわからない。そうなった場合に備えておいた方がいい。線香花火の製造者を特定し、直接、販売してもらうか、商品を売っている店を紹介してもらうか、交渉しなくてはならない。

「ありがとうございました。助かりました」

俺は深々と頭を下げて、線香花火の代金を支払った。

帰宅して、線香花火に火を点してみる。ユウナの声や姿を思い浮かべながら、オレンジ色の火花に見入っていると、頭上あたりで水をかくような音がした。水中を漂うように彼女の黒髪や衣服の裾が視界の端を横切り、無数の水泡が生じては弾ける音をさせながらユウナが天井付近に現れる。

やはり彼女は、この線香花火でなければ現世に降りてきてくれないらしい。

「大地君。『ジャンプ』の続き」

死者のくせに彼女は明るい表情で言った。

俺は幸福な気持ちになる。

名前を呼んでもらい、一緒に漫画を読む。

頼ってもらえることがうれしい。彼女に必要とされている、と感じるからだ。

いつまでもこんな風に彼女と話ができるといい。彼女がすでに死んでいても、すこしも気にならない。

だけど、それは許されないことだった。

彼女が消えた後、花火の卸売業者に打診した。駄菓子屋にならんでいた線香花火を製造していたのは、地方に住んでいた高齢の花火師の方だったという。家族経営の花火工房で作製していた線香花火だったが、花火師の方は昨年の春頃に亡くなり、工房は畳んでしまったとのことだ。

ユウナの好きだった線香花火は、もう製造されていない。市場に出回っているものがなくなってしまえば、もう二度と手に入らない。彼女に会える回数は限られているのだ、と理解する。手元の線香花火が尽きた時、俺はユウナと、本当のお別れをしなければならないのだ、と。

3

四月一日、新しい元号が発表された。

平成という時代が、あと一ヶ月で終わってしまうらしい。

俺はユウナと郊外の大型ショッピング施設を訪れた。全国チェーンの書店が入っており、漫画のコーナーには様々な単行本が平積みされている。ユウナは俺の肩につかまって浮遊しながらはしゃいでいた。たまに興奮しすぎて俺の肩を放してしまい、書店員や他の客の頭上でじたばたと水音をさせながら漂う。彼女一人では、前進することも、方向転換することもできない。何にも触れられず、重力も影響せず、もがくことしかできない。

「興奮するのはわかるけど、ちょっとは静かにしろよ」

俺は小声でユウナに囁《ささや》く。近くにいた人が、俺を怪訝《けげん》な表情で振り返った。独り言をつぶやいたように見えたのだろう。

「わかったよ。静かにする」

彼女の声はだれにも聞こえていないわけだから、静かにする必要なんて本当はないのだが、俺の希望を彼女は受け入れた。

ちなみに線香花火は建物の裏手の人気《ひとけ》がないあたりで手早く済ませた。本当は条例違反だ。大人に見つかったら叱られていただろう。

「気になる漫画はあるか?」

「たくさんあるよ。でも、いいの? 買ってもらっちゃって。うちのお母さんに事情を話せば、いただいたお香典から出してもらえたりしないかな」

「無理だろ、どうかんがえても」

『週刊少年ジャンプ』の未読だった号をすべて読み終えてしまい、最新号まで追いついても、ユウナは満足して成仏しなかった。いや、俺が彼女を成仏させずに何度も線香花火で現世に連れ戻しているという風にもとれるが、そもそも成仏とはどのような状態を示すのだろう。一度、真剣にかんがえてみる必要がありそうだ。

「最近はこんな漫画が人気なんだね」

書店員の作成した手書きのポップなどを眺めながらユウナがつぶやく。見覚えのないタイトルや表紙がいくつかあるようだ。

「え……、嘘……」

ユウナが呆然とした様子でつぶやく。

彼女の視線の先に、『ちびまる子ちゃん』の単行本が平積みになっている。近くに立てられた書店員の手書きのポップに「追悼」の文字がある。

「さくらももこ先生、亡くなったの？」

「そうか、知らなかったのか。確かおまえが死んだ直後だったよ」

「そっか……」

ユウナは気落ちして『ちびまる子ちゃん』の表紙を手でなでた。すり抜けてしまうので触れることはできなかったが。

小声でいろいろな漫画の話をしながら店内を歩いた。あの人気漫画が完結したらしいとか、終わる噂は前からあったとか、そういう内容の会話だった。

「最終回ってさ、連載漫画にとっての死なのかな」

俺は彼女に聞いてみる。

「だとすれば、漫画家に連載終了を告げる編集者は死神みたいなもの？　でもね、最終回は、死だとは思えないよ。その漫画家さんにとっての、新しいはじまりでもあるわけで。終わらせないと、新しい作品に取りかかれないでしょう？」

漫画の背表紙を眺める。異世界転生を題材にした作品が多い。ユウナが言った。

「転生か……。ネット小説が原作の漫画は、そういうのが流行ってるね」

「そうみたいだな。あんまり知らないけど」

「凜ちゃんが詳しいよ。アニメや漫画が大ヒットしてるんだよ」

「異世界転生か……」

知識としてはある。死んだ後、別の世界で生まれ変わるという物語のパターンだ。輪廻転生のようなものだろうか。確か仏教にもそういうかんがえ方があったはずだ。何度も生死を繰り返し、新しい生命に生まれ変わることだ。

宗教によって死者の行く末は異なっている。例えばキリスト教的な死生観では、死者たちは天国のような場所に行くという。魂は肉体を離れて、人間を創造した神の世界に帰る、というかんがえ方だ。死後、自我を保ったまま別の世界に移動するという点に注目するなら、異世界に行くというのは、キリスト教的な展開なのかもしれない。

「もしかしたら、異世界転生って、いろんな宗教の死生観をブレンドしてないか？　素人のかんがえだけどさ。仏教的なものと、キリスト教的なものを、組み合わせてないか？」

「興味深い視点だね。編集者になれるんじゃない？」

「そうか？」

「そういう分析をするのって大事だと思う。すくなくとも、今のは、私には出ないかんがえ方だった。大地君、変わってるね」

「俺は自分のこと、凡庸だと思ってるけどな」

それからユウナは気になる漫画をいくつか俺に伝える。俺はそれを手に取ってレジに向かった。レジにならんでいる最中、彼女の輪郭《りんかく》が溶けはじめた。店内の照明が彼女の体の向こう側に見えたと思ったら、そのまま水中に絵の具が拡散するかのように消えてしまう。

もしも俺が線香花火で彼女を呼び出さなくなったら、彼女の魂はどこへ行くのだろう。目に見えない場所に留《とど》まり続けるのだろうか。それとも消えてしまうのだろうか。前に一度、聞いてみたけれど、彼女自身にも、それはよくわからないらしい。

高校三年生に進学し、最初の登校日にクラス分けが発表された。正面玄関の掲示板に、全クラスの生徒名リストが張り出されており、人だかりができている。女子生徒たちがにぎやかな声を出しながら、スマホのカメラでリストを撮影していた。俺は塔子と同じクラスになった。

「おはよう、大地」

「ああ。よろしくな」

三年生の教室に入るとすでに塔子がいた。彼女はソフトボール部の朝練のため登校時間が早いのだ。

「どこに座ればいいんだろう？」

「ひとまず出席番号順らしいよ」

「塔子の親父さん、腰やっちゃったんだって？」

「なんで知ってるの？」

「お袋から聞いた」

塔子の父親は、少年野球チームに野球を教えている最中、腰を痛めてしまったと、もっぱらの噂だった。そんな風に世間話をしていたら、女子生徒数名が話をしたそうに塔子の席に近づいてきて、俺は追い払われてしまう。むさくるしい男子は近づくなと、そういう視線を向けられた。

塔子はあいかわらず同性にもてていた。切れ長の目、ほんのり日焼けした肌、すらりと長い手足。中性的な顔立ちは、ますますイケメン度を高めている。凛々《りり》しいという表現がぴったりだ。女子の制服を着たホストが、女の子たちをはべらせているようにも見える。いったい彼女はどこへ向かおうとしているのか。

その日、担任教師から進路希望調査と表記されたプリントが配られた。進学なのか就職なのか。進学の場合、どの学校を希望しているのか。それらをリサーチするための紙だった。

「大地は、卒業したら、どうすんの？　大学に行くみたいだって満男が言ってたけどさ、もう目指す学校、決めた？」

放課後、同じタイミングで教室を出た塔子と話をしながら歩いた。彼女はソフトボール部の部室を目指しており、帰宅部の俺は高校の最寄りのバス停を目指している。

「まだ、全然。自分の偏差値で入れる大学ならどこでもいいって感じ。塔子は？」

「私はスポーツのトレーナーになろうと思って、専門学校に入るつもり」

彼女は照れくさそうに言った。初耳だ。

「塔子も将来のことをかんがえていたのか。トレーナーか、いいじゃん。昔っから運動好きだったもんな」

「お父さんは私に、野球選手になってほしそうだったけどね。女子プロ野球リーグを目指さないかって、酔っ払う度《たび》に言ってるし。親が果たせなかった夢を子どもに背負わせるのってよくないよね」

「塔子に野球の英才教育してたもんな。うちの親はそういうのがなかったよ。進路について、何も言われてない。自由にしろって感じなんだろうな」

下駄箱のあたりで塔子と別れた。彼女とならんで歩いていても、女子と一緒に時間を過ごしたという感覚はない。昔なじみだからなのか、それとも塔子だからなのか、よくわからないけど。

彼女も将来を見据えている。俺はどうしたらいいのだろう。

「大地君が東京の大学を目指すって言った時、うれしかったな。でも、言い出した私が勝手に死んじゃったんだから、あの約束も白紙になるのはしかたないよ」

桜の木を背景に浮遊しながらユウナが言った。風が吹いて桜の花びらが大量に舞い散って俺たちに降り注ぐ。ユウナの体をすり抜けて、俺の肩や頭に花びらがついた。

彼女は涼しげな夏服のまま冬を越した。そんなユウナに桜を見せてあげたいと思い、桜の名所となっている土手に来て、線香花火をしたのである。

他にもちらほらと家族連れの姿がある。俺たちは土手に腰掛けた。ユウナの体は、土手の地面をすり抜けて回転運動しそうになっているが。

「一緒に東京の大学に行くって話は忘れていいからね」

ユウナはすこし寂しそうだ。重力や風に逆らって漂う髪の毛を手でおさえる。

「あと一年で高校卒業か……」

ユウナはもう歳をとらない。死んだ時の年齢のまま、生きている者たちだけ歳を重ねていく。俺が線香花火で彼女を呼び出すごとにその差は開いていくのだろう。

「ユウナは、東京の大学に入れたら、何をしたかったんだ?」

「まずは一人暮らしをはじめて、生活が落ち着いたら、出版社のビルをいくつか見て回りたかったたな。集英社《しゅうえいしゃ》とか、小学館《しょうがくかん》とか」

「ビルを見て、ただそれだけ？」

「感慨深い気持ちで胸いっぱいになると思うんだよ」

「そういうものかね」

俺も漫画は好きだがユウナほどではない。しかし今の話を聞いて、ある計画を思いついた。今はまだ、彼女に黙っておこう。

自転車に乗った女子中学生の集団が、桜吹雪の土手を楽しそうにおしゃべりしながら通った。

「いいなあ」

ユウナがそれを見てまぶしそうな顔をする。

「いろんな可能性に満ちてる。未来が広がってて、何にでもなれる。私、死にたくなかったよ」

いつものとりとめのない話と同じような調子で。それほど重たい意味で口にしたわけではないのかもしれない。だけど俺は胸が締め付けられる。

自分の死を言葉にして悲嘆することはこれまでなかった。死んでしまったものはしかたないという調子でいつも振る舞う。俺が悲しまないようにという配慮なのだろうか。

空が暗くなる前に家へ戻った。肉じゃがと味噌汁の香りが台所から漂ってくる。夕飯を食べながら俺は両親と進路の話をした。

「俺、東京の大学を目指そうと思う。実はユウナと約束してたんだ。一緒に東京の大学を受験してみようって」

両親は俺の意見に反対しなかった。それどころか、どういうわけか、母は目頭《めがしら》をおさえて泣くのをこらえていた。死後もユウナとの約束を守ろうとしている、という部分が母にとって感動するポイントだったらしい。

「立派よ、大地」

「おまえがそうしたいなら、俺は応援する。俺たちはな、おまえが進学もせず、働きもせず、このまま家に居候《いそうろう》してニートになるんじゃないかって覚悟していたんだ」

「そうそう。私たちの年金であなたを養っていかなくちゃって相談してたのよ」

父と母がそれぞれ言った。俺に対する期待値はそれほど高くなかったようだ。

その晩、ネットで東京の大学についてすこし調べてみた。東京には、国公立大学、私立大学をあわせて、百四十校ほどあるらしい。女子大を含んだ数字なので、俺が入れる大学はもっとすくないだろう。さすがにこれだけの数があれば、俺くらいの偏差値でもどこかには入学できるはずだ。

学部は何を選べばいいのだろう。途方に暮れてしまう。

そもそも、俺が東京の大学に行くことにしたのは、学びたいことがあったからではない。ユウナに東京の町を見せたかった。それが俺の動機だ。

東京に行き、そこで線香花火をすることで、彼女を東京へと連れて行くことができるはずだ。死者のためにできること。俺はそれをする。彼女といつまでも会えるわけではない。線香花火がなくなれば、ユウナは呼び出せなくなる。せめて別れの日までは、彼女のために自分の時間を使いたかった。


五月に入ると平成が終わった。日本は令和の時代に突入する。

休み時間に秀と遭遇したので廊下で立ち話をした。校舎の窓は開け放されており、春のあたたかい風が入ってくる。秀はメガネを外すと、レンズについた埃《ほこり》をハンカチで拭いて、また顔にかけた。

「僕は工学部を受験する」

彼は京都の大学を目指していると聞いていたが、どの学部に進もうとしているのかは知らなかった。気になって質問したところ、こんな回答だった。

「どうして工学部なんだ?」

「ロボットが好きだからだ」

「そういえばおまえ、『ガンダム』や『エヴァンゲリオン』が好きだったもんな」

「うん。『エヴァ』はロボットじゃないけどね。あれは汎用《はんよう》人型決戦兵器。巨大な人造人間みたいなものだ」

確かに秀は文系というよりも理数系だ。

「じゃあ、聞くけどさ、俺が大学に行くとしたら、どの学部に進んだらいいと思う?」

「そんなの知るかよ。おまえが行きたい学部に行けばいいだろ」

「それがわからないから聞いてるんじゃないか」

休憩時間の校舎を様々な生徒が行き交っている。廊下を走って教師に怒られている男子生徒。スマホでお互いの写真を撮って笑っている女子生徒。いつもの見慣れたそれらの光景も、一年後には卒業して見られなくなるのだろう。留年すれば別だけど。

「それなら、大学を卒業した後のことを見据えて学部を選んだらいい」

秀がわけのわからない提案をした。

「まだ高校を卒業もしてないのに、大学卒業後のことをかんがえるのかよ。そんな先のことと想像できねえよ。そもそも、そんな未来、地球がのこってるという保証もないだろ」

「就職のことを見据えて大学を選ぶのなんて普通だぞ。医者になりたい奴は医大に行くだろうし、弁護士になりたい奴は法学部を目指すだろうし。有名な大学に行っておけば、就職の時に有利だ」

しかし、就職に有利な大学は人気で、入るのが難しく、おそらく俺の頭では無理だろう。

「進学のことを悩んでると、自分が何者なのかを問われているような気分になってくるよ。おまえも、満男も、塔子も、しっかりしてるよな。ユウナもそうだった。俺以外、みんな、しっかりした自分を持ってる」

「ユウナは漫画関係の仕事を目指してたんだろ?」

「ああ。だから、東京の大学に行くって」

秀は目を細めて複雑な表情をした。悲しみと懐かしさとが絶妙なバランスで同居している。そうか、と俺は理解する。この先、俺以外の人間にとって、ユウナのことは、懐かしいという気持ちに分類されるものになっていくのかもしれない。秀は窓の外を見ながら言った。

「出版関係か。地方の大学からでも、出版社に入ることはできそうだけど。きっとそういうのじゃないんだろうな。まあとにかく、文系の学部にしておけよ、大地。文系の大学は、理系の大学と違って、そんなに勉強しなくていいらしいぞ。実験やら実習やら研究やらがなくて、あまっている時間でサークル活動なんかを楽しめるらしい。そのかわり、就職の時に大変らしいけどな」

チャイムが鳴り響き、休憩時間の終わりを知る。廊下にいた生徒たちが、教室に向かって移動しはじめた。俺と秀もその流れに従う。

「そういえば最近、おまえとFPSしてないよな。ゲームを起動してもいないだろ」

秀が言った。俺たちが気に入って遊んでいたFPSは、フレンド登録した相手がゲームを起動した場合、それをお知らせしてくれる機能がついている。

「ああ、ちょっと最近、別のことで忙しくて」

「バイトでもはじめたのか？　満男も言ってたぞ、大地が最近、食べ歩きにつきあってくれないって。放課後に会おうとしても、なかなかつかまらないって」

「バイトはしてないよ。ただ、まあ、その……。いろいろあって……」

言葉を濁しているうちに教室に着いた。俺たちは別のクラスなので、ここでお別れだ。

「またな。そのうち話を聞かせてくれよ」

「おう」

秀に手を振って教室に入り、自分の席につく。数学の教師が入ってきて、出欠を取り、さっそく授業をはじめたのだが、黒板に書かれた数式はさっぱり理解できず、やはり俺は文系を目指すしかないと思った。

午後の授業が終了し、校舎を出る。

いつもは駅前を経由して自宅のある方面へ向かうのだが、今日はわけがあって反対方向の路線バスに乗車した。

いつもは見ない風景が窓の外に広がって新鮮な気持ちになる。寂《さび》れて看板が破損しているパチンコ店や、ガソリンスタンドだった建物を利用しているリサイクルショップ。スマートフォンを操作し、目的の場所の地図を確認する。

二十分ほど乗車した後、降車のボタンを押した。定期の使える区間ではないため、運賃を支払ってバスを降りる。古い家が密集する先に、駄菓子屋があった。

通りに面した入り口の脇に、ガチャガチャやガシャポンなどと呼ばれるカプセルトイの販売機がならんでいる。店内に入ると、十円や二十円で買える小さな菓子がひしめき合っている。天井からも、ぶどうの房のように様々な商品が吊ってある。

最近、ネットで駄菓子屋の情報を検索し、自分にも行ける範囲の店舗をリスト化して、放課後や休日に一軒ずつ訪ねていた。線香花火を手に入れるためだ。

ユウナの降霊に必須な線香花火はもう製造されていない。市場に出回っているものを見つけ出し、買いあつめる必要があった。卸売業者に連絡して聞いてみたが、どの地域のどの店舗でそれが売られているのか、詳細な情報は得られなかった。製造していた花火工房に連絡しようと試みたが、すでに電話は通じなくなっている。しかたなく、線香花火が売っていそうな場所を探して一軒ずつ足をはこぶしかなかった。俺がゲームにログインせず、満男が放課後に会おうとしてもつかまらなかったのはそのせいだ。

俺が日帰りで行ける範囲の花火専門店はすべて調査した。その他、花火を売っていそうな場所もすべてだ。のこるは、個人経営のこぢんまりとした駄菓子屋を一軒ずつあたってみるしかなかった。

だけどいつも空振りに終わった。

結局、ユウナを呼び出せる線香花火は、いつもの駄菓子屋でおばあちゃんから買ったものだけだ。それ以上のストックをふやすことはできていない。

ユウナのお気に入りの線香花火と、そうではないものとの違いを、俺も見分けることができるようになった。線香花火と言えば、カラフルな薄い紙を紙縒《こよ》りの状態にして、その先に火薬が包んであるというのが一般的である。ユウナのお気に入りの線香花火は、紙縒りの作り方が繊細で整っている。火薬の包んである先端部分のふくらみも均一で美しい。それらを束ねている紙テープは白色で、和紙を糊で貼ったような作りだ。どことなく品の良さを感じさせる。

線香花火には紙縒りの先に火薬を包んでいるタイプのものと、細い棒に火薬をむき出しで付着させたタイプがあるらしい。歴史を調べてみると、最初に作られたのは棒状タイプの方だったという。

大昔、稲作の盛んな土地で、藁《わら》の先端に火薬をつけた花火が作られた。それが線香花火のはじまりだ。と言っても、当時はまだ線香花火という名称もなかった。公家の人々が、それを香炉の灰に立てて鑑賞していたところ、線香のように見えたことから、線香花火と呼ばれるようになったらしい。

その花火はやがて、当時の東京、つまり江戸の町へと広まった。しかし江戸では藁が手に入りにくかったため、かわりに和紙を紙縒りの状態にして火薬を包むことにしたそうだ。そうして現在のような形の線香花火が生まれたという。

地方から東京へ。

線香花火もまた、上京した存在だと知り、親近感がわいた。

梅雨《つゆ》の時期になり、用水路の水かさがふえると、嫌なことを思い出す。ユウナが自転車で用水路に転落した場所を、できるだけ通らないよう避けて暮らした。

俺は傘を差して一ノ瀬家の近くの茂みに入ると、ライターで線香花火に火を点けた。赤色の【蕾《つぼみ》】は、やがて【牡丹《ぼたん》】となり、力強く美しい火花を放ちはじめる。

傘をすこしよけると、俺の上に浮かんでいるユウナと目があった。彼女は漂いながら周囲を見回す。雨粒が彼女の体をすり抜けて俺の顔に降ってきた。

「ここは？」

「おまえんちのそばだよ。これから家に上がらせてもらうんだ。お誘いを受けたんだよ、ユウナのお母さんから」

「お母さんが？　なんでだろう？」

「わからないか？」

傘を差した俺よりもすこし高い位置で浮遊しながら彼女はかんがえこむように腕組みする。俺につかまっていない状態の彼女は、ゆっくりとスピンをはじめた。

「今日は六月十五日だったりする？」

「正解。そして、誕生日おめでとう、ユウナ」

六月十五日は彼女の生まれた日だ。ユウナの母親は、彼女のために何かしてあげたかったのだろう。先日、うちを訪ねてきて俺に提案した。

「もしも大地君さえよければ、娘に会いに来てあげて」

家を訪ねて仏壇に手をあわせてほしい、という意味だ。俺はその提案を受け入れ、彼女の誕生日に来訪を約束した。

「せっかくだから、ユウナも一緒に家に行こう。お母さんを間近で見たいでしょう?」

「うん。家の中に入りたい」

死んで以降、彼女が家族を目にしたのは、正月の時だけだ。塀に頭を突っ込んで、遠くから様子をうかがったにすぎない。そのことが俺はずっと気になっていた。触れられるほどの近距離から、いつか家族と対面させてあげたいと思っていたので、これはいい機会だ。

俺はユウナの手を引っ張って茂みを出ると、一ノ瀬家の玄関へ向かう。歩きながら彼女の方を見ると、浮遊しているユウナの腕が、にゅっと傘の生地をすり抜けて内側に突き出していた。シュールな光景だ。

「大地君、私の家に行く時があったら、お願いしようと思っていたことがあるんだけど」

「何だ?」

「私の部屋の天井にね、描きかけの漫画の原稿を隠してる。たぶんまだ家族にも見つかってないと思う。それをこっそり回収して、処分してほしい。燃やして灰にして存在をなくしてほしいの」

「漫画の原稿? ユウナが描いた作品? 読んでいいか?」

「だめ。恥ずかしい。その原稿を処分しないまま死んじゃったことが、心のこりだったんだよ。お願い、大地君。一生のお願い！」

おまえの一生、もう終わってるだろ。という不謹慎なツッコミを彼女は期待して言ったと思われるが、俺はそんなこと言えなかった。

「わかったよ。がんばってみる」

一ノ瀬家の門を通り抜け、手入れされた庭木の間の小道を歩き、日本家屋の玄関前にたどり着く。雨に濡れた植物の緑は濃い。瓦屋根から滴《したた》る水滴が、打楽器を演奏するみたいに地面に落ちている。傘を畳んで玄関のチャイムを鳴らし、来訪を告げた。すぐにユウナの母親が引き戸を開けてくれる。

「大地君、来てくれてありがとう」

「いえ。こちらこそ、ありがとうございます」

俺は頭を下げた。彼女の家に入るのは、ひさしぶりだ。玄関を開けた時、ユウナの家の香りが漂ってきて、胸に迫るものがあった。

「お母さん！」

俺の肩を支点に身を乗り出し、ユウナは母親に向かって手をのばした。

彼女の手のひらが、母親の頰《ほお》に触れる。

「お母さん、ただいま！」

彼女は呼びかける。感動的な光景だった。でも、それが見えているのは俺だけだ。ユウナの母親は、死んだ娘の手が、自分の頬に触れていると、気づいていない。そのことが思いの外《ほか》、悲しい。

「どうぞ上がって、大地君」

俺にスリッパをすすめる。娘の手をすり抜けて、遠ざかってしまった。ユウナが残念そうな声を出す。

「近くで見てわかった。お母さん、すこし、しわがふえてる。私が迷惑かけちゃったせいだ」

「ユウナのせいじゃないよ」

俺が小声で彼女に話しかけると、家の奥に下がろうとしていたユウナの母親が怪訝な顔で振り返る。俺は首を横に振って「すみません、独り言です」と苦笑いしてみせた。

移動する間、ユウナは俺の肩につかまって引っ張られながら家の中を見回していた。畳の仏間に入ると、仏壇に飾ってある写真に気づき、ユウナが言った。

「私の一番、お気に入りの写真を使ってくれてる。うれしい。変な顔の写真を使われてたら、大地君に言って、取り替えさせてもらうつもりだったんだ」

そうならなくて良かった。なかなかハードルの高いお願いだから。

仏壇の前に座り線香を上げた。一本の線香を折り、それぞれに蠟燭《ろうそく》の火を点け、香炉の灰の上に寝かせて置く。火が点いた方を左側にするのが、一ノ瀬家の宗派の習わしだ。線香から立ち上る白色の煙は細く、シルクのベールのように繊細だ。仏教の教えによれば、この線香の煙が、故人や仏様の食べ物になるらしい。また、煙はその場を清め、線香を上げる人の心と身体の穢《けが》れを浄化するという。死についてかんがえることがふえたせいで、そういうことに詳しくなった。

手をあわせて目を閉じている間、外から雨音が聞こえていた。

その後、仏間の低いテーブルでお茶をいただく。

「大地君に会えて、娘もうれしがってると思う」

「いまだに、信じられません。ユウナがいなくなったこと」

俺たちがユウナについての思い出を語っている間、ずっと視界の端で、照れくさそうな様子のユウナが浮遊していた。若干、邪魔だった。話を聞かれていると、素直に故人を偲《しの》ぶことができない。

「あの子はぼんやりしたところがあったから、ここに引っ越してきて、大地君が面倒をみてくれて、とても助かったのよ。二人が結婚する様《さま》をよく想像したの」

などと、ユウナの母親が言った。

「ちょっとお母さん！　大地君、ごめんね、お母さんが、変なこと言って！」

頭上でユウナが腕をじたばたさせてうるさい。俺も気まずくなって顔を手で覆うと、泣いていると勘違いしたのか、ユウナの母親は声を震わせた。

「あんなことさえなければ、二人は幸せな家庭を築いてたと思うの。私ね、ユウナと大地君の子どもを抱っこするのが夢だった」

「お母さん！」

ユウナの叫びは、母親に届かなかった。

その後、ユウナの母親は、手元に用意していた昔のアルバムを出して俺の前に広げた。

「昔の写真よ。大地君に見せようと思って」

分厚いアルバムが五冊。ユウナの成長記録である。

一番古いものを広げると、ユウナと思われる赤ん坊の写真が目に入った。生まれたばかりの姿で、つまり彼女は素っ裸だった。

「大地君！　見ないで！」

ユウナが俺の頭を何度もたたく。痛くはない。

俺はアルバムをめくった。引っ越してくる以前の彼女の人生が垣間見える。弟が誕生して以降、写真の中に姉弟で登場するようになる。近所に住んでいた従姉《いとこ》も写真で確認した。少々、恥ずかしい格好の写真が出る度に、頭上でユウナが抗議して、俺の顔の前に現れて視界を遮ろうとする。俺はさりげなく、埃を払うような仕草で、彼女をどけた。

「この頃からユウナは、もう、ユウナの顔してますね」

「そうでしょう?」

アルバムを眺めていると、そのうち、浮遊していたユウナの動きがにぶくなってきた。彼女の輪郭が曖昧《あいまい》になり、家の天井が透けている。

「ああ、もう……。私、行かなくちゃいけないみたい。大地君、変な写真、見ないで。それと、例の約束……」

約束とは、漫画の原稿を回収することだろう。

浮遊するユウナと視線を交わし、わかった、という意味をこめてうなずく。彼女は、すこし心配そうな表情を見せながら、線香の煙のように空気中へ拡散して消えた。

天井を見上げている俺を、ユウナの母親が不思議そうに見つめていた。

「どうかしたの?」

「いえ……。なんだか、今、ユウナがそこにいて、笑っていたような気がして……」

俺はそんな嘘をついた。ユウナの母親は、すこし感動した様子でまた泣きそうになっていたが、さっきまでユウナが羞恥《しゅうち》で叫んでいたなどとはとても言えなかった。悲しみで泣きそうな気持ちと、おかしみで笑ってしまいそうな気持ちとで、俺は複雑な感情にさせられる。悲劇と喜劇がぐちゃぐちゃだ。それが人生というものなんだろうか。

アルバムをひとしきり堪能《たんのう》して、話を切り出した。

「ユウナの部屋に入らせていただけないでしょうか。ユウナの友人に矢井田凜という子がいて、その子が漫画を貸していたそうなんです。それを彼女に返してあげようと思って。本棚にならんでるはずなんですが、タイトルを忘れてしまって。表紙を見れば思い出せる気がするんです」

矢井田凜には申し訳ないが、部屋に入る口実に利用させてもらった。

立ち上がり、階段を上がってユウナの部屋に向かう。彼女の部屋には何度か入ったことがあったが、それは小学生の時だ。中学生になって以降、そういう機会はなくなった。部屋に男子を招き入れるのが恥ずかしくなったのだろう。

扉を開けると懐かしい香りがした。ユウナの部屋は八畳ほどの洋室だ。ベッドと勉強机があり、壁一面の本棚には漫画がぎっしりと詰まっている。机の上やベッドのシーツは整えられていたが、それ以外は彼女が亡くなった日の状態で保存されているようだ。

幼馴染《おさななじみ》のみんなと、この部屋で彼女のバースデーパーティをしたことを思い出す。ケーキに蠟燭を立てて彼女が火を吹き消し、俺たちはバースデーソングを歌った。それぞれの持ち寄ったプレゼントを渡し、ユウナはうれしそうだった。あの日に戻れたら、と思う。

ユウナの母親は最初だけ一緒にいたが、途中でフェードアウトするようにいなくなった。俺が一人で思い出に浸《ひた》る時間をくれたのだろう。作業をするのに好都合だ。

俺は天井を見上げる。格子状の木材の上に、合板のパネルがのせられているような造りだ。描きかけの漫画の原稿は天井に隠している、とユウナは言った。天井材の一部が外れる仕組みになっているのだろう。

しかし、それはどのあたりだろうか。正確な位置を彼女から聞いていなかった。この場で線香花火をしてユウナを呼び出すわけにもいかない。総当たりで調べてみる必要がありそうだ。

さっそく作業をはじめる。勉強机とセットになっている椅子を、適当な場所に移動させた。その上に立ち、手をのばすと、指先が天井に届いた。届く範囲の合板のパネルを押し上げてみる。しかしどこも固定されていた。

椅子をすこし移動させ、別の場所を調べてみる。

「おい、何やってんだよ、おまえ」

不意に声をかけられた。中学校の制服を着た少年が怪訝そうな顔で部屋の入り口から俺を見ていた。ユウナの弟の一ノ瀬一郎だ。中学生にしては顔立ちが幼く、小学生時代のユウナにすこしだけ似ている。声変わりもまだだ。ユウナは空想の世界で遊ぶのが好きなインドア派だったが、彼は活発なスポーツ少年だと聞いている。

「姉ちゃんの部屋で何してんのかって聞いてんだよ」

「一郎君、ひさしぶりだな」

俺は椅子の上に立って天井に手をのばしている状態で返事をする。言い逃れのできない、明らかに不審な行動をしている真っ最中だ。そのことは自覚していた。

「警察を呼ぶぞ」

「待ってくれ、一郎君。これには深い理由があるんだ」

俺はひとまず椅子から下りて彼と向き合う。

一郎とはそれほど仲良くしてこなかった。こいつは姉のことが大好きで、ユウナと仲がいい俺のことを疎《うと》ましく思っていた節がある。何かと突っかかってくるし、言葉の端々から、こいつにきらわれているという印象を受けていた。

「一郎君、今年から中学生なんだってね。もう新生活は慣れた？」

「話をそらすな。おまえ、姉ちゃんの部屋で何をしてるんだ。勝手に入ったのか？」

「ちゃんと許可はもらった。そもそも俺を家に招き入れたのはきみのお母さんだ。ユウナの誕生日だから仏壇に挨拶《あいさつ》しに来たんだ」

一郎は、ちっ、と舌打ちする。

「こんな奴を家に上げるなんて……。でも、そうだとしても、おまえが姉ちゃんの部屋で椅子の上に立って何をしてたのかって説明にはなってないぞ。場合によっては通報する」

一郎はスマートフォンを取り出し、警察の番号を入力する素振りを見せた。

「待ってくれ。俺が何をしていたのかを教える。だけど、話を聞いて、きみがそれを信じるかどうか、確証は持てない」

「どうせ変態的な行為をしようと思ってたんだろ」

「断じて違う。変態的な行為って何なんだよ。俺は、ユウナに頼まれたんだ」

一郎は眉間《みけん》にしわを寄せて睨《にら》んだ。

「姉ちゃんに頼まれた？　おまえ、頭、大丈夫か？」

「まあそういう反応になるよな」

「姉ちゃんは死んだんだぞ。去年の夏に」

「もちろん、知ってる。俺も葬式に出たからな。きみに責められたのも、しっかり覚えてる」

あの日、一郎は泣きながら俺に怒っていた。おまえがしっかりついていてやらなかったからユウナは死んだのだと。まわりの大人たちが彼を押さえつけていなければ、俺に殴りかかっていただろう。悲嘆に暮れていた俺に対し、怒りをぶつけてきた存在は彼だけだ。だから記憶に焼き付いている。

中学生になった一郎も、その日のことを思い出したのか、気まずそうに俺から視線をそらした。

「じゃあ、どういうことなんだよ。姉ちゃんが死ぬ前に、おまえに何かを頼んでいたってことなのか？」

「それとも、すこし、違うんだ」

俺は言いよどむ。線香花火と浮遊するユウナについて説明しても、話をややこしくするだけだろう。俺は嘘をつくことにする。

「すこし前にな、ユウナが、夢に現れたんだ」

「は？　姉ちゃんがおまえなんかの夢に現れるわけないだろ」

「いいだろ別に。夢に見るくらい自由にさせろよ。とにかくだな、夢の中であいつに頼まれたんだ。部屋の天井のどこかに、描きかけの漫画の原稿を隠してるって。それを回収して処分してくれないかって。たぶん、あいつ、心のこりだったんだぜ。描きかけの原稿を放置しておくのが。だから、夢の中に現れて、俺にあんなお願いをしたんだ」

一郎は何か思うところがあったのか、黙り込んで話を聞いている。俺は話を続けた。

「あいつがひそかに漫画を描いていたのは知ってるだろう？　ノートに描いた落書きみたいなものじゃなく、新人賞に投稿するための、ちゃんとした漫画の原稿を」

「絶対に読ませてくれなかったけどな。俺が部屋に入ると、原稿らしいものを背中に隠してた。今は片付けられているけど、漫画用のペンやインクの瓶が机の上に置いてあったんだ」

「遺品の中に、描きかけの原稿は見当たらなかったんじゃないか？」

「だからといって、おまえが夢で聞いた話を、信じろって言うのか？　おまえ、どうかしてるぞ。だって夢の中の話なんだろう？　それが現実にあるなんて確証はないぞ？」

「冷静にかんがえるとそうなんだけどさ、もしも本当に天井に原稿が隠してあったらどうする？　調べてみるくらいは、やってみるべきなんじゃないか？」

一郎はすこしの間、かんがえこむように唸っていた。頭をかきむしって、息を吐き出した後、彼は言った。

「ああ、くそっ！　わかったよ。姉ちゃんの原稿は、確かに見当たらなかった。どこかに隠してあるんだ。おまえが天井を調べるのに、つきあってやるよ」

「いや、いいよ。一人で探させてくれ」

「だめだ。おまえを一人で部屋に放置すると危険だ」

「どういう危険があるんだよ」

一郎も原稿の捜索に協力することになってしまったが、まあいいだろう。ユウナにしてみれば、この展開は不本意なはずだけど。彼女は、家族に原稿を見られるのが嫌で、俺に回収を頼んでいたわけだから。

一郎は自分の部屋から椅子をはこんできた。それぞれ椅子の上に立ち、手分けして天井材のパネルに動く箇所がないかを調査する。

一郎は背が低い。そのため、椅子の上でつま先立ちをしても、指が天井に届かなかった。先日まで小学生だったのだからしかたない。彼は悔しそうにしながら、手に持った物差しを使って、天井材のパネルを突いていた。

勉強机の真上を調査する際、俺は机の天板に足を乗せた。

「悪いな、ユウナ。立たせてもらうぞ」

机の上は整えられていたが、インクの汚れらしきものが所々に見られる。彼女はここで漫画を描いていたんだなと想像する。机の天板に立つと、天井までの距離がぐんと近くなった。

「あ……」

天井材を指で押し上げたところ、何の抵抗もなく持ち上がった。正解を見つけたらしい。持ち上がった合板のパネルと天井の隙間から、屋根裏の暗闇が見えた。

一郎が椅子を下りて俺の近くに来る。

「あったのか?」

「今、調べてみる」

パネルを動かし、天井裏に手を突っ込んでみた。ひんやりとした空気を感じる。手探りで確認したところ、分厚い封筒らしきものが見つかった。引きずり出した時、一緒に埃が降ってくる。

B4サイズの原稿がおさまる大きさの茶封筒だ。紙の束が入っており、ずっしりとした重みがある。封筒を抱え、パネルをもとに戻し、俺は勉強机から下りた。

「見つかったぞ」

俺がそう言うと、一郎は顔を伏せた。

「……くそっ、なんで、おまえなんだよ」

彼は悔しそうに下唇を噛《か》んでいた。予想していない反応だった。

「本当に、それがあった、ってことはさ、夢に出てきた姉ちゃんは、本物だった、ってことだよな」

「そうなるかな?」

「おまえの夢に出てきた姉ちゃんは、死んだ後の姉ちゃんだったんだ。どうして、俺や父さんや母さんじゃなくて、おまえの夢に現れたんだよ」

「家族に読まれたくなかったんじゃないか、この原稿を。だから俺に依頼したんだ。回収して処分してくれって」

「ふざけんなよ。姉ちゃんは、おまえを選んだ。家族じゃなく、おまえを」

一郎はぎゅっと目をつむってぽろぽろと泣き出した。俺は突然のことに動揺してしまう。咄嗟《とっさ》についた嘘のせいで、一郎がこうなるとは思っていなかった。

「おい、大丈夫か」

「うるさいっ!」

ごしごしと乱暴に涙を拭《ぬぐ》う。

一郎の立場でかんがえると、複雑な気持ちになるのはわかる。自分は選ばれなかった、という寂しさを彼は感じているのだろう。家族であるユウナが、幼馴染とはいえ、他人の夢の中に現れて頼み事をしたと聞かされたのだから。しかし、それは誤解だ。

そもそも、ユウナが俺の前に現れたのは、俺が彼女に会いたいと望み、線香花火に火を点したせいだ。一郎が寂しさを感じる理由なんて本当はないのだ。

「あのな、一郎、ユウナだって、おまえと話したがってると思うぞ」

嘘ではない。事実だ。浮遊するユウナと俺たちは語り合った。友人のこと、東京のこと、そして別れも言えずにのこしていった家族のこと。彼女が両親や弟や従姉に対してどういう気持ちでいるのかを俺は聞いていた。

「そういや、たった今、思い出したんだが、夢の中でユウナが言ってたぜ。お化け屋敷のこと、ごめんなさいって」

一郎が、おどろいた顔で俺を見る。

「俺には詳細がよくわからないんだけど、お化け屋敷でおまえたち、喧嘩《けんか》でもしたのか？　夢の中であいつに頼まれたんだ。もしも一郎に会うことがあったら、謝っといてくれって」

「姉ちゃんが、そんなこと、言ってたのか……」

知らないふりをしたが、俺はお化け屋敷の一件を知っている。『ジャンプ』を読みながら彼女が教えてくれた。二人がもっと幼い頃の話だ。遊園地のお化け屋敷に二人だけで入り、手をつないで移動していたのだが、お化けの人形におどろいたユウナが、一郎の手を放して逃げ出してしまった。そのせいで一郎はお化け屋敷に取りのこされ、恐怖でパンツを濡らしてしまったのだという。このことは一郎のトラウマとなり、一ノ瀬家ではお化けという単語も禁句とされていたようだ。家族内のプライベートな事情であり、本来は俺が知っているはずのない情報である。

「姉ちゃん、気にしてたんだな、俺のこと」

「ああ、当然だ。夢の中でも、あいつはおまえたち家族のことを想っていた」

しかし、お化け屋敷で恐怖していた本人が、今ではお化けみたいなものになっているというのも、不思議な話だ。

一郎は、すこしだけ晴れやかな顔になった。

「悪かった、取り乱して」

「別に。それより、どうする、この原稿。ユウナの希望では、だれにも見せずに処分してほしいみたいだったけど」

俺は抱えている封筒を見せる。家族に見つかってしまった現状、故人の遺品を俺が勝手に処分などできるわけがない。ユウナには不本意だろうが、彼女の両親に提出する義務があるのかもしれない。

「姉ちゃんは、描いている漫画を、だれにも見せようとしなかった。恥ずかしがり屋だったんだ」

「そうだな。ノートに描いた四コマ漫画風の落書きくらいしか読ませてくれなかった。本気で描いているものを見られたくなかったんだと思う。本気で作ったものを否定されるのは、怖いことだから」

一郎は悩んだ末に言った。

「だからといって、読まないわけにはいかない。そもそも、新人賞に送るために描いてたものなんだろう？　じゃあ、いつかは、だれかが、読んでいたはずだ。でも、姉ちゃんがそれを望むのなら、親には見せないでおこう。この場で、俺とおまえだけで目を通す。それでいいか？」

「わかった。それでいい」

相談の結果、俺たちだけで彼女の漫画に目を通すことにした。後でユウナが知ったら怒り出すかもしれないが、一郎の言うことにも一理ある。だれかに読まれるために描かれていたはずのものだ。だれにも読まれずに処分すれば、そこにかけられた時間や努力、生前の彼女の想いの一切が無になる。それが惜しかった。

茶封筒の中身を勉強机の上に出す。数十枚はある漫画の原稿だ。俺と一郎は、紙が破れたり、汚れたりしないように、慎重な手付きで一枚ずつ原稿を手に取り、内容に目を通しはじめた。

題名『スーパーフロート！』。

『週刊少年ジャンプ』が好きだったユウナらしい、異能力バトルものだった。

絵柄は明るく、さわやかで、読みやすい。

平凡な主人公の少年のもとに、ある日、不思議な生き物が落ちてきたことから、物語がはじまる。よくあると言えば、よくある話だ。不思議な生き物のせいで主人公の日常は崩れ去り、奇妙な怪物から狙われるようになる。

「主人公の名前、陸《りく》だってさ」

一郎が苦笑して言った。

「何がおかしいんだ？　普通によくある名前だろ？」

「気づいてないのか、鈍感だな」

「年上に向かって何だその言い草」

「おまえの名前、大地だろ。主人公の名前は、陸。何となく近いだろ。偶然だと思うか？」

「偶然だろ、たぶん」

主人公の日常に降ってきた変な生き物の名前はウナという。

ウナは愛らしい容姿のマスコットキャラ的デザインで、ふわふわと浮いており、いつも主人公の肩の上に乗っている。

インクによって描かれた線、鉛筆の下書きの消しそこねた部分、修正液の白色の盛り上がりなどから、ユウナの情熱が感じられ、胸が熱くなる。印刷されて出版されたプロの作品とは異なる、生々しい存在感があった。


「全然、読めるな」

「ああ。姉ちゃんが好きだったタイプの漫画だ」

俺はプロの漫画読みじゃないから、この原稿で彼女が新人賞をとれていたかどうかはわからない。雑誌に掲載されている作品にくらべて、雑だと思う箇所も確かにある。だけど、ストレスを感じずに作品世界を楽しむことができた。

「敵が残念だけどな」

「まあ、そうだな」

主人公と敵対する相手の描き方が薄い。悪人の思考というものが、ユウナには、思いつかなかったのかもしれない。俺たちは何度も彼女の作品を読み返した。絵の細部まで穴があくほど見つめ、手書きの鉛筆文字で書かれた台詞《せりふ》を頭の中で読み上げる。読後感もさわやかで悪くない。圧倒的なオリジナリティがあるわけじゃないけれど、絵の向こうにユウナの存在がちらついているせいか、温かい気持ちにさせられる。主人公の肩につかまって浮いている変な生き物の姿が、俺につかまって浮いているユウナに重なって見えた。

何度目かの読了の後、一郎が原稿を束ね、茶封筒に入れて、俺に向かって差し出した。

「この原稿は、持っていけ。でも、処分はしないでほしい。できることなら、一生、保管しておいてくれ」

「わかった、約束する」

ユウナには処分すると約束し、一郎には処分しないと約束してしまった。まあいいか。

俺は茶封筒を抱え、ユウナの部屋を後にした。

「またな、一郎」

「気安く名前を呼ぶな」

睨んできても怖くない。背丈の低い、まだ中学一年生だ。それに俺たちは大切な存在を失くした者同士。お互いの痛みが想像できた。どんなに反抗的な態度をとられても、仲間意識がある。

俺は階段を下りて、ユウナの母親に声をかけると、一ノ瀬家を後にした。

どちらの約束を守り、どちらの約束を反故《ほご》にすべきか、答えは決まっている。『スーパーフロート！』の原稿を処分するなど、俺にはできない。だが、嘘をつくのは良くないと思い、一ノ瀬家での出来事を、正直に彼女に話すことにした。

深夜零時、家族が寝静まっているのを確認し、俺は部屋を抜け出した。外に出ると、降っていた雨は止《や》んでおり、雨雲も遠ざかって月が庭木の上でかがやいていた。

線香花火に火を灯すと、じりじりと赤色の火球がふくらみ、火花を散らしはじめる。庭の地面にできた水たまりが、光を反射させて幻想的だった。水音とともに、彼女が現れる。

「読んだぞ、漫画の原稿」

俺がそう言うと、ユウナは、顔をひきつらせた。

「読まないでって、お願いしたのに」

「すまん」

「ひどいよ。どうして。恨んでやる」

「今のおまえがそう言うと、真実味があるよな」

ユウナの姿は月光に照らされ青白い。しかし実際は、月の光がどこまで彼女の視認性に影響しているのかはわからない。地面に彼女の影はできていなかった。ユウナは恥ずかしそうに両手で顔を隠し、膝《ひざ》を抱えて体を丸めた。母親のお腹にいる胎児のような状態で庭に浮かぶ。

彼女の部屋で一郎に会ったことや、彼と一緒に天井を調べたこと、彼も原稿に目を通したことなどを説明する。

「うう、一郎まで……。これは死者に対する冒瀆《ぼうとく》よ」

「でも、おもしろかったぜ」

「本当に？」

顔を覆った指の隙間から、ちらっと彼女が俺を見た。

「ああ。一郎もそう言ってた。絵柄も良かったし、読みやすかった。それだけで充分、素晴らしいことだと思う。そもそも、どこら辺が描きかけだったんだよ。ほとんど完成してるだろ、あれ」

「直したい箇所があったんだよ。念入りに時間をかけてから新人賞に投稿しようと思ってたの。でも、その前に死んじゃった。ねえ、本当に、おもしろかったって思ってる？　友達だからそう言ってくれてるんじゃなくて？」

「多少、贔屓《ひいき》している部分も確かにあるかもな。おまえが描いたっていう情報を完全に排除することは今さらできないよ。それでも、あの作品は、ちゃんとしてたと思う。最初に描いたストーリー漫画だとしたら、相当、いい線いってたんじゃないか？」

「本当は最初の作品じゃないんだよ。前にも一度、完成させたことあるけど、それは自分の手で焼却処分しておいたから。大地君、私の作品を褒《ほ》めてくれてありがとう。一郎にも感謝してる。これで私、心置きなく成仏できそうよ」

ユウナは、晴れやかな表情で笑った。

「冗談だよな?」

「うん、冗談」

内心、動悸《どうき》が止まらなかった。そのまま消えてしまうんじゃないかと心配した。

「良かった、本当に……。死んで以来、こんなに素敵な気持ちになったのは、はじめてかもしれない。あーあ、次回作を描けたら良かったな。もっともっと作品を作りたかった」

彼女は逆さまの状態で浮かびながら背伸びをする。肉体を失っても、背伸びというものは、したくなるものなのか。俺につかまっていない状態だと、彼女の回転運動はいつまでも止まらない。

ふと、地上と彼女の距離がいつもよりも離れていることに気づいた。

空に浮かぶ月の方へ、吸い寄せられるかのように、彼女が上昇している。

思わず彼女の手をつかむ。

「ユウナ!」

「え、何？」

彼女は、自分の体が勝手に地上から距離をとろうとしていることに気づいていないようだった。俺はいそいで彼女の体を引っ張り戻す。見えない水泡が生じて弾ける音がした。とっくに線香花火は消えており、燃えのこった紙縒りの部分が水たまりに浮かんでいた。

その夜以来、線香花火でユウナを呼び出すと、原因不明の浮力が彼女に生じるようになった。俺がつかまえていなければ、ヘリウムガスを入れた風船ほどではないが、ゆっくりと空へ上っていこうとするのだ。彼女の体はこの世のあらゆるものをすり抜けてしまうから、俺が手を放せば、そのままどこにも引っかかることなく空高くへ消えてしまうだろう。たとえそうなったとしても、線香花火を使えば、彼女はまた俺の近くに現れてくれるだろうか。しかし、空に消えたら、そのまま彼女が成仏してしまい、二度と会えなくなるような気がして、手を放すことはしなかった。

4

七月に入ると一気に暑くなった。至るところで蟬《せみ》の声が聞こえるようになり受験勉強の障害となる。期末考査を経て夏休みになると、俺は線香花火の在庫を求め、朝から県境を越えて駄菓子屋や花火専門の販売店等を巡った。のこり本数を数えて、あと何回、ユウナと対話できるかを計算する。数日おきに彼女を呼び出していたが、このままの頻度では年末までもたなかった。

彼女に会う回数を減らし、週に一本だけ消費することにする。彼女の愛する『週刊少年ジャンプ』の発売日にユウナを呼び出した。このペースの消費であれば、一年後まで彼女に会える計算となる。

秀や満男や塔子と夏祭りに出かけた。近所の神社に櫓《やぐら》が組まれ、その上で太鼓が叩かれる。毎年の恒例になっているが、秀は射的ゲームの屋台に入り浸《いびた》り、FPSで培《つちか》ったエイム力を披露している。満男は焼きとうもろこしや焼きそばなどグルメ三昧《ざんまい》だ。

「去年はユウナも一緒だったよね」

浴衣姿の塔子が懐かしそうにしながら屋台のイカ焼きを食っていた。高校三年生になると、塔子にも女っぽさが出てきた気がする。

「確か、白い浴衣を着てたんだよ。水色の花の柄《がら》が入ってたっけ。かわいかったなあ」

と、彼女が言った。

「すごい。覚えてるんだね、塔子ちゃん」

俺の頭上で、ユウナがうれしそうにしている。

最近の彼女は放っておくと勝手に空へ上っていきそうになるため、常に手をそえておかなくてはならない。

「塔子ちゃんは、紫陽花《あじさい》の柄の浴衣だったよ。素敵だった」

ユウナは俺の左手に手をそえたまま、もう片方の腕をのばし、塔子に触れようとする。指先が彼女の肩をすり抜けた。ちゃぷん、と水をかくような音がする。イカ焼きを食っている塔子は、ユウナが触れようとしたことに気づいていない。この祭り会場で、空中に浮遊している彼女が見えているのは俺だけだ。

俺は塔子に話しかけた。

「なあ、去年のおまえの浴衣って、紫陽花の柄だったっけ」

塔子はおどろいた顔をする。

「大地が、私の浴衣を覚えてるなんて……」

「そんなにおかしいか？　覚えてるだろう、それくらい」

嘘だけど。

「大地がユウナの浴衣の柄を覚えていたのなら納得がいく。でも、私の浴衣なんか見ていないと思ってたけどな。おまえの視線はユウナにいつも釘付けだった。自覚していなかったかもしれないけど、私には見えてたよ」

「いやいや、誤解だろ」

「誤解じゃないね。いやらしい目をしてユウナを見ていた。男というものは、ケダモノだと理解したよ」

「名誉毀損《きそん》で訴えるぞ」

「冗談はさておき」

塔子は、射的ゲームに興じている秀の方を指差す。

「あいつが景品をとれなくて悔しがるところを見よう。毎年、毎年、よくやるよね。大きな景品に弾をあてても、ちっとも倒れないって、屋台のおじさんに文句を言うんだ。それから面倒くさそうに追い払われるところまでが、ワンセットなんだよ」

彼女が歩き出し、すこし後《おく》れて俺もついていく。

「大地君、ありがとう」

人混みの中、ユウナが言った。行き交う人々は彼女の存在に気づかず、すり抜けて通り過ぎていく。

「今年もお祭りに来ることができて良かった。たぶん、来年はないだろうから」

「来年もあるよ。参加すればいいだろ、今年みたいに、俺につかまっていればいい」

ユウナは俺の頭上で逆さまになる。彼女に生じた浮力のせいで、俺が引っ張らなければ、空に向かって足が持ち上がった姿勢になりやすい。ユウナは心配そうな顔で言った。

「でも、線香花火の本数、限られてるんだよね？　呼び出す頻度がすくなくなったでしょ。いつまでも無制限に私はこの地上に来られるわけじゃない」

彼女なりに推理してその結論にたどり着いたらしい。

にぎやかに人々が踊っている。全員が笑顔だ。小さな子どもたちが綿菓子を持って駆け回り、老人たちがそれを温かい目で見守っている。

「線香花火の製造元がつぶれてる。市場に出回ってるものを探して買いあつめてるけど、もう手に入らない。そのうちおまえを呼び出せなくなる」

「そう、わかった」

彼女は軽い調子でうなずく。

「その時が来たら、残念だけど、永遠のお別れだね。私は空に上り、大地君はこの地上で暮らしていくんだ」

　胸に痛みが走る。

　目をそらし、かんがえないようにしていたことだ。

「今はこうして、一緒にいられるけど、いつかは離れ離れになる。それはだれにでも起きること。私はその日が、すこし早かっただけ。その日が訪れるまでの限られた時間を大切にしなくちゃ」

　ユウナは自分に言い聞かせるような顔をしていた。それから俺を見て、目を細め、笑《え》みを作る。

　死者の方が前向きなことを言う。俺はまだそんな風に覚悟ができない。彼女はすでに死んでおり、その自覚があり、旅立つ側だから、割り切ることができるのだろうか。俺は一方的に残される側だから、余計に理不尽さを募《つの》らせているのだろうか。

　いや、理不尽さを感じているのは、きっと彼女も同じはずだ。夢を剝奪《はくだつ》され、強制的に退場させられたのだから。結局のところ、俺の心が弱いのだろう。

　その後、射的ゲームの屋台にいる秀や、食べ物を頬張る満男と間近で対面して、ユウナはうれしそうにしていた。

「あいかわらず細いね、秀君は。京都の大学、合格できるといいね」

彼女は秀に声をかける。

「実家のお店で働くことにしたんだってね、すごいよ、満男君。がんばってね」

満男に対しては、そんな風に話しかけた。

ユウナは幸福そうな表情で、一堂に会した俺たちを見回していたが、やがて輪郭《りんかく》を溶かしていなくなる。手の中にあった彼女の指の感触も消えた。物悲しい気持ちになりながら、自由になった左手をポケットに突っ込む。


手元にある線香花火の在庫は五束だ。一束が十本なので、全部で五十本。俺はそれを大事に机の引き出しにしまっていた。週に一回の頻度でユウナと会うなら一年はもつ計算だ。どちらにしても、否応なく彼女との別れは訪れるわけだが。

花火のシーズンになったおかげで、新商品の花火を見かけるようになった。新しいパッケージの手持ち花火セットをいくつか購入して、セットに含まれている線香花火を試しに点火してみる。やはりユウナは現れない。

彼女を呼び出せるのは、彼女が愛した線香花火だけだ。

夏の突き刺すような日差しがアスファルトに陽炎《かげろう》を生じさせ、汗まみれになって歩きながら、市場に出回っているものを探さなくてはならなかった。お店の人に頭を下げ、倉庫の在庫を確認してもらう。しかし目的のものは見つからない。

「日焼けしたな」

俺を見て秀が言った。地元の図書館の自習室で彼に勉強を教わる。俺が目指すことにしたのは文学部だ。過去の入試の問題集を解き、わからない箇所は秀が丁寧に説明してくれた。

「夏休み中、旅行とか行かないのか？」

秀が聞いたので、俺は問題を解きながら返事をする。

「今度、東京に行ってくるよ」

「東京？」

「オープンキャンパスに参加するんだ」

「いいじゃん。見てこいよ、大学。やる気につながるかもしれない」

八月の上旬、俺は一人で東京へ行く計画をたてていた。

オープンキャンパスとは、大学入学を検討している受験生たちに向けて、学校側が施設を開放し、校内を見学させくれるイベントだ。在学生や教職員による見学ツアーや学部の説明、資料配布、希望者への個別相談などが行われるという。

ネットで調べてみると、夏休みの間、様々な大学でオープンキャンパスが催されているとわかった。受験を視野に入れている大学をピックアップして参加申込をする。また、オープンキャンパスの期間外でも校内見学をさせてくれる大学があり、そこにも行ってみることにした。

家族を説得し、二泊三日の一人旅の許可をもらった。宿泊をともなう一人の旅行は、はじめてだったが、不安よりも楽しみの方が大きかった。

図書館で秀に勉強を見てもらう日々が続いた。もちろん線香花火探しも並行してやっている。やがて東京行きの当日となった。

朝、父が駅に車で送ってくれた。旅行鞄を肩にひっかけて、改札を通り抜け、私鉄でターミナル駅まで移動する。そこから新幹線で東京駅を目指した。凄まじい速さで車窓の景色が後方へ過ぎていく。山々が目の前をよぎったかと思うと、青々とした田園地帯が広がり、川を越えて都市部へと入った。参考書をぼんやり眺めている間に、俺は東京入りをしていた。

二泊三日の旅は、そうしてはじまった。

東京駅を大勢の人が行き交っていた。背広姿の人もいれば、旅行者らしい人もいる。人種も様々だ。俺は案内に従って中央線に乗り、御《お》茶ノ《ちゃの》水《みず》駅に移動する。そこからすこし歩いたところにあるビジネスホテルに予約を入れていた。

鞄を抱えて移動する間、大学生らしい集団を多く見かける。御茶ノ水駅周辺には、明治《めいじ》大学や順天堂《じゅんてんどう》大学など、様々な大学のキャンパスがあったはずだ。そこの学生だろうか。

神田川《かんだがわ》にかかる聖橋《ひじりばし》という名前の橋の上で立ち止まり、景色を眺めてみる。俺が御茶ノ水駅周辺のホテルを予約していたのは、この聖橋を見てみたかったからだ。

ユウナにおすすめされた漫画の中に、タイトルはもう忘れてしまったが、上京をテーマにしたエッセイ漫画があった。その作品に、【東京らしい景色を何かひとつ選べと言われたらここだ】と紹介されていたのだ。ずっと前に読んだ漫画だけど、なぜかそのページだけは覚えていた。

橋から眺められる景色は、確かに地方では見られないものだった。遠くにビルがあり、複数の路線の電車が複雑に交差する。だけど岸辺には緑が茂り、精巧なミニチュアを眺めているようなおもしろみがある。

ユウナ、来たぞ、東京だぞ。

漫画に描かれていた場所だぞ。

俺は心の中でそんなことを思う。

ビジネスホテルにチェックインして、部屋で荷物を広げた。料金の安さで選んだため、窓からの見晴らしは悪い。隣のビルの壁面しか見えなかった。狭い監獄のような部屋だ。

旅行鞄からペンケースを取り出して中身を確認する。破損箇所もなく、すべて無事だ。中には、線香花火が四本、入っている。


一時間後、俺はとある商業施設のトイレにいた。

目的のためならば多少のマナー違反も辞さない。男性用トイレの個室に入り、天井付近を見上げて、火災報知器が取り付けられていないことを確認する。

商業施設のトイレで線香花火をするなど言語道断だ。それはわかっている。だけどしかたないのだ。ホテルを出た俺は、都会の風景に圧倒されながら、線香花火ができるような場所を探した。だけどそんな場所はなかなか見つからなかった。特にこの付近は都会で人通りが多い。そこで俺は決断した。利用者のすくなそうなどこかのトイレの個室で線香花火に点火することを。

ライターの炎で線香花火の先端を炙《あぶ》り、火薬が燃えはじめる。火球がふくらみ、やがてバチバチと火花が音をたてて弾けて、便器にたまった水へとオレンジ色の光が落ちていく。

やがて水音をたてながら俺の頭上にユウナが現れる。

「大地君」

俺を見てうれしそうにするが、ここがトイレの個室だと気づいて、微妙な表情になっていた。煙が個室内に立ち込めている。ユウナが現れた後も線香花火はまだ燃えている。

「ここって、トイレ？」

質問するユウナ。線香花火を持っている方とは逆の手で、俺はユウナの手をつかんだ。人の来る気配がした。個室内で俺は身を固くする。小便器で用を足す気配があった。俺とユウナは、気まずい時間を過ごす。火薬の燃えるにおいに気づかれることなく、その人はトイレを出ていった。線香花火の火球は便器の中に落ち、俺は水を流した。花火のゴミは持ち帰ることにする。

ユウナが問うような視線を向けてくる。

「言いたいことはわかってる。花火のできる場所がなかったんだ」

俺は彼女の手を引っ張って個室を出る。ドアに触れたから、一応、手を洗っておこう。トイレを出ると、商業施設の通路がのびている。

「ここはどこ？」

「すぐにわかる」

施設を出ると、空はすでに暗い。御茶ノ水駅から徒歩で移動する間に日が暮れていた。ビルの合間に広大な空間が広がっている。ライトアップされた噴水があり、整然と樹木が連なっていた。その向こうに巨大な丸みのある建造物が見える。照明によって暗闇の中に浮かび上がったそれは野球場だ。

「まさか……」

ユウナが目を丸くして俺の手にしがみつく。

【TOKYO DOME】という文字が巨大建造物の高い位置で光っている。ドームのそばには中心軸のないリング状の物体がそびえていた。独特な形状の観覧車だ。おまけにジェットコースターのレールが、観覧車のリングをくぐり抜けるようにのびている。とんでもない設計だ。

「来たんだよ、東京に。大学の見学をしようと思って」

「東京!? そっか! ここ、東京か!」

ユウナが両腕を広げ、おもいきり息を吸い込む。実際に息をしているわけではないので、そういう仕草をしているだけなんだろうけど、気分が大事だ。

都会の夜を背景に、風船みたいに彼女は浮いていた。遊園地のアトラクションを彩る照明も相まって彼女の姿は幻想的だ。彼女がいられる時間は限られている。俺はさっそくユウナを連れて周辺を散策した。ドームの周辺を歩き、その異様な大きさに瞠目《どうもく》する。

「昔は東京ドームのこと、【BIG EGG】って呼んでたらしいよ」

俺はネットで仕入れておいた豆知識を披露する。

「今は呼ばれてないの？」

「二〇〇〇年の時点で公式にその呼び名は廃止されたらしい」

「私たちが生まれる前の年だ」

俺たちは二十一世紀最初の年に生まれた。東京ドームは古い呼び名を二十世紀に置いていったとも言える。

「そういえば俺たち、二十世紀の日本を知らないんだよな」

「二十世紀から二十一世紀に切り替わる瞬間、お母さんのお腹の中にいたよ。だから、存在はしていたことになるけどね」

遊園地の方へ行ってみる。ゲームコーナーのクレーンゲームで遊ぶことになった。彼女は物質すり抜け特性を活かし、クレーンゲームの中に入り込んで、景品のぬいぐるみにもれながら指示出しをしてくれた。クレーンを見上げ、「もうちょっと前！」とか「もうすこし右！」などと叫ぶ。結局、一個も景品をとれずに終わってしまったけれど、彼女は充分に楽しんでくれたようだ。

「何か、乗ってみようよ。私はみんなに見えないから、一人分のお金で乗れるよ」

東京ドームシティアトラクションズと呼ばれる都市型遊園地は、入場ゲートはなく、自由に出入りできる造りだ。日が暮れているせいか、子どもを連れた家族よりも、カップルの姿を多く見かける。激しい動きのアトラクションに乗るのはやめておいた。体を振り回され、手を放してしまったら、ユウナがどこかへ飛んでいってしまう可能性があるからだ。

「観覧車がいいな」

「オーケー」

チケットを購入し、乗り場へ向かう。この観覧車は正式名称をビッグ・オーというらしい。確かにその形状は、アルファベットの巨大なOである。空いていたので、ならばずに乗ることができそうだ。俺とユウナは一人分のチケットでゴンドラへ乗り込んだ。向かい合わせの座席があり、四方に透明な窓がある。座席に座るのは俺だけだ。ユウナの体は物質をすり抜けるため、常に俺につかまった状態で、ゴンドラ内に浮かんでいた。

巨大なOに沿って、ゆっくりと高く上がっていく。地上を歩いている人々が小さくなり、街灯の連なりが遠ざかって暗くなる。遊園地のアナウンスや町の音も消えた。

「綺麗……」

「光の数が違うよな、地元とは、全然」

暗くなると余計にそれがわかる。道路を行き交う車のライト、ビルの窓の明かり、店の看板、それらが地上に星をばらまいたみたいになっている。ゴンドラはついに東京ドームの天井部分と同じ高さになり、さらに上へと向かう。時折、ジェットコースターが凄まじい速さでレールを移動し、観覧車のOの中心部分を通り抜けていく。

「とある小説で登場人物が言ってたんだけどさ、観覧車のゴンドラって、正確な円を描くようには動いてないらしいよ」

彼女が言った。

「嘘だろ」

「本当だよ。ゴンドラって、巨大な輪っかに吊り下がった状態でしょう？　だから、まん丸の軸とはすこしずれた場所を通過するんだよ。上の方を移動する時はゆるやかな丸みで動いて、下の方を移動する時は急な丸みを描くの。ゴンドラの動きをつなげると、まん丸じゃなくて、片方がとがった玉子みたいな形になるの」

頭の中でゴンドラの動きをトレースしてみて理解する。

「確かにそうかもな。気づかなかった」

「そういうのかんがえられるのって理系の脳みそだよね」

東京のビル群が眼下に広がった。観覧車の天辺《てっぺん》付近になり、地上からずいぶん遠く離れたところに来てしまったなという心細い気持ちになる。ユウナの手足は時折、ゴンドラの窓をすり抜けて外に出ていた。

「この高さになると怖いね。落ちたらどうしよう」

彼女はそんなことを言うが、ジョークではなく、心から怯《おび》えているようだ。

「落ちたら、俺は死ぬけど、ユウナは平気だろ」

「そっか、忘れてた、自分が死んでること」

「いいことだと思うぞ。今を楽しんでるってことだから」

ゴンドラがついに天辺に来た。

一番、高い場所。

空にもっとも、近い地点だ。

ユウナが俺の手にしっかりとつかまったまま、ゴンドラの外に顔を出す。そのまま体ごと窓をすり抜けて、彼女は東京の上空に浮遊した。つないでいる手だけがゴンドラ内にのこっている。

「あ、おい……！」

平気だとは理解していても、あせってしまう。夜景の中に、彼女の髪と、服の生地が広がった。腕を広げて、飛ぶような格好をする。ゴンドラの外で彼女は周囲を見回し、真下を見て顔を強張《こわば》らせ、それからようやく身を引っ込めた。

「なんでこんなことするんだよ」

「すごい景色が見られるかなと思って」

「どうだった？　見られたのか？」

「うん。音が無いね。静寂の世界。あの世に似てる」

「覚えてるのか、あの世のこと」

「違うよ、イメージ」

天辺を過ぎたゴンドラは、再び地上へと向かう。その途中で彼女の輪郭は曖昧《あいまい》になり、名残惜しげな表情をのこして消えてしまった。

あっという間だ。もっと東京のいろんな場所を見せてやりたいのに、時間があまりにも足りない。線香花火を使えば再び彼女を呼び出せるはずだが、大事なものだから、そう何度も使えなかった。今日のところは終わりにしておこう。

御茶ノ水駅の方へと歩きながら、コンビニエンスストアで夕飯のおにぎりを買う。ホテルに戻って母に電話をかけた。毎日、連絡を入れるというのが、一人旅を許可する条件だったのだ。

親戚が家に遊びに来ているらしく、騒々しい声が電話の向こうから聞こえてきた。親戚の家には三人の子どもがいる。全員まだ小学生で、活発な男の子たちだ。家の中を走り回っている気配がある。

「にぎやかだね」

「みんな、大地に会いたがってたよ。用事があって、入れ違いで帰っちゃうんだって。そっちは大丈夫？　道に迷ったりしなかった？」

「スマホに地図のアプリが入ってるから平気」

「寂しくない？」

「全然」

眠る前、ユウナとの会話を思い出す。もしかしたら観覧車の中で告白をすべきだったのかもしれない、と反省した。俺はまだ、自分の中にある好意を伝えられていなかった。思いを口にする機会はいくらでもある、とかんがえているうちに彼女は死んだ。同じ後悔をしてはならない。

東京にいる間に、告白をしてしまおう。そうすべきだ。

などと、かんがえていたら、結果、眠れなくなった。

東京に来て二日目。あくびをしながら俺はホテルを出た。夏の日差しが刺すような暑さだった。今日は大学の見学をすると決めていた。

都会のど真ん中に大学のビルが建っている。駅からのアクセスは良さそうだ。オープンキャンパスの実施日ではないが、自由に校内を見学できるとのことだった。一階の受付で校内見学希望者であることを告げると、見学用地図、ガイドブック、入試データ等の資料を渡された。後は勝手に歩き回っていいらしい。

一階は吹き抜けの大きなホールになっており、床は大理石で、ぴかぴかに磨かれていた。高級ホテルのロビーを思わせる美しい空間だ。ここは本当に学校なのか、と驚嘆させられる。

ビルの中に有名建築家の設計したホールや、都会を見渡しながら食事ができる学生食堂、たくさんの講義室がある。図書館にはカフェテリアが併設されており、近所の住人にも開放されているようだ。トイレには赤ん坊のおむつを替えるための台まで設置されている。見かける学生たちが、全員、おしゃれに見えて気後《きおく》れする。女子学生の集団とすれ違った。ユウナも生きていたら、あんな風に学生生活を送る未来があったのだろう。

都市型の大学の雰囲気は何となくわかった。次は郊外型の大学を見てみようと思い、外に出た。

冷房の効いた中央線に乗って東京の西の方へ移動する。新宿駅に停車した際、大勢の乗客が乗り込んできた。目的の駅で降りて昼食にラーメンを食べる。

二十分ほど炎天下を歩いて郊外の大学に向かった。今度は広々とした敷地を有する一般的なイメージの大学で、事前にオープンキャンパスの予約を入れておいた。

道沿いに連なる並木が美しい。石畳の歩道がのびており、緑に囲まれたキャンパスが見えてくる。都市型大学の建物は近代的なビルだったが、こちらは歴史を感じさせる校舎だ。目立つ位置に案内があり、オープンキャンパスの参加者と思われる者たちが誘導されていた。俺と同年代の高校生たちだ。友達と数名で参加している者や、保護者に付き添ってもらっている者など様々だ。

まずは講堂で学長の挨拶《あいさつ》を聞いた。その後、十名ずつのグループに分けられ、校内の見学ツアーがはじまる。

研究棟。サークル活動のためのクラブハウス。棟から棟へ移動する間、木陰をくぐり抜けるようにしながら外を歩く。気持ちの良い風が吹いていた。

外国からの留学生も多いとのことで、校内にはイスラム教徒のために礼拝を行う部屋があった。異文化交流が盛んに行われていることを在学生スタッフがアピールする。礼拝部屋を見ながら、俺は、カルチャーショックを受けていた。俺の住んでいる地方の片田舎では、イスラム教の文化なんてほとんど見かけなかったからだ。

イスラム教における死の概念は、どんなものだっただろう。確か、【死は永遠の来世への通過点】と表現されていた気がする。イスラム教にも、天国と地獄という概念はあるが、死後すぐにそのどちらかへ行くのではなく、終末の日まで魂は墓の中で眠っているのだという。世界が終わる日に、すべての死者たちは復活し、神の前で審判を受ける。善行を積んだ者は天国に行くことが許され、そうでないものは地獄に落とされるらしい。

宗教ごとに死というものへの解釈は異なっており、様々な見解がある。まるで、物語の結末について、あれこれと議論する批評家のように。

もしもユウナが俺以外の目にも見えたなら、新時代の宗教戦争が勃発していたかもしれない。あるいは、ユウナをシンボルとした新しい宗教が出来ていただろうか。どちらにしろ、ろくなことにはならなかっただろう。


井《い》の頭恩賜《かしらおんし》公園《こうえん》は、武蔵野《むさしの》市と三鷹《みたか》市にまたがる都立公園だ。オープンキャンパスに参加した後、俺は吉祥寺駅に移動して、公園側出口からすこし先にある公園内を歩いていた。池の畔《ほとり》からの景色に、どことなく見覚えがある。様々な漫画に登場し、描かれてきた風景だからだろう。

「私が東京の大学に行くって言わなかったら、地元で進学してた？」

ユウナが俺に手を引かれて浮遊しながら言った。公園に到着して線香花火のできる場所を探したのだが、やはり見つからず、トイレの個室で彼女を呼び出した。彼女は微妙な顔をしたが、ここが井の頭公園であることを知り、顔をかがやかせていた。

「そうだな。実家暮らしだったら、いろいろと楽できただろうし。専門的に学びたいことがあったわけでもないから。地元を離れなかった可能性はある」

「ごめんね、私のせいで。東京に行くとか言っておきながら、結局、こんな風になっちゃって」

「別に。むしろ感謝してる。おまえがあんな風に宣言しなかったら、俺は実家で燻《くすぶ》ってたかもしれない」

池にスワンボートが浮いており、幼い子どもを連れた夫婦が乗っていた。大勢の人が公園で余暇を過ごしている。大道芸人や弾き語りや紙芝居をする人を見かけて、立ち止まってすこし眺めてみる。

「大学は、どうだった？　楽しそう？」

「まあな。中学とか高校とは、全然、違うのな。大学は、自分で勉強したいことを決めなくちゃいけないらしい。授業を自分で選ぶんだ。でも、俺は何の勉強をすればいいのか、まだよくわからない」

将来、どんな仕事をしたいのか。それがはっきりしていれば、悩むことなんかないのだろう。

「幼馴染《おさななじみ》の中で、将来のことをかんがえられていないのは俺だけだ。流されて生きているような気がして恥ずかしいよ」

「大学で見つければいいいんだよ。いろんな勉強をしているうちに、自分が何に興味を持っているのか、はっきりしてくるかもしれない。きっとたくさんの子が、そうなんだよ。いいなあ、いろんな未来があるね。うらやましい」

池にかかる橋の上から、茂みの向こうに建っている白色のマンションを眺めた。ベンチがならんでいる場所のそばに、ちょっとしたステージがあり、ユウナが「わあ」と声をあげる。

「ここ、『ろくでなしBLUES』で喧嘩《けんか》してた場所だよね!?」

『週刊少年ジャンプ』が好きな彼女は、親世代の作品も履修済みである。

彼女は俺の頭のすこし上を浮遊しながら、公園にあつまる人々の笑顔を見渡す。

「東京の人たちは、こういう場所で休日を過ごしてるんだね」

「なあ、ユウナ、東京で一人暮らしするとしたら、どこに住みたかった?」

「生前に言ったかもだけど、この町は、憧れだったな」

「じゃあ、俺が大学に受かったら、ここに住むよ。それで俺が線香花火でおまえを呼び出せば、おまえもこの町の住人みたいなものになれるんじゃないか？　いつでもこの町を歩けるし、この公園にも来られるだろう？」

良い提案だと思った。線香花火の本数は心もとないが、節約をすれば、彼女が生前にしたかったことを、体験させてあげられるかもしれない。しかし彼女は、首を横に振った。

「ありがとうね。でも、私のことはかんがえないで。大地君は、自分のやりたいようにやるべきだよ。私は大丈夫だから。充分だよ、もう」

俺たちは無言で池の畔を移動する。俺が歩いて、彼女は引っ張られるように浮遊状態でついてくる。水面に映る木々の緑色が、ボートのたてた波紋でゆらめき、複雑な模様を描く。水面を覗き込む者を、向こう側の世界へと誘うような、幽玄な美しさがあった。

「もう、消えてもいいって、心のどこかで思ってる。だから、私の体、空へ上っていこうとしてるのかも。地上でやりのこしたことが、ひとつ、ひとつ、消えていったから」

「信じがたいよ。ユウナが、いなくなるなんて」

「私も。大地君と一緒にいる時、居心地が良かった」

締め付けられるような寂しさを感じる。

同じ時間を共有し、おだやかな気持ちでいられる相手は、きっと稀《まれ》だ。彼女の死後、浮遊状態で現れるようになって、余計にそのことを実感する。

彼女は俺に触れていなければ姿勢を安定できなかったし、今は手をつないでいないと謎の浮力で地上に留《とど》まっていられない。だから生前よりも距離が近く感じられた。

生前、特に中学生以降は、いろいろと意識してしまい、距離感をどうすればいいのか戸惑うこともあった。だけど今は、手をつないでいるのが当たり前になっている。

彼女が肉体を失ったことが原因かもしれない。肉体的なもの、性的なものが消えて、魂だけの状態になったから、何も意識せずにつながっていられる。

お互いに理解している。この先の発展がないことを。例えば結婚したり、子どもを作ったり、家族で暮らしたり、そういう未来はないことを、俺たちは自覚している。

終わっている。俺たちは。

根底にあきらめがある。だから、おだやかな状態で過ごせているのかもしれない。

「大地君、すこし背がのびた?」

ユウナが言った。

「どうかな。自分じゃわからない」

「身長、ほんのすこしだけ、高くなってるよ。こうして、大地君につかまって浮かんでる時の、視界の高さが変わってる気がするんだよ。すこしずつ、大人に近づいてる証拠だ」

俺につかまっている方とは逆の手で、ユウナは俺の頭の天辺あたりに触れた。俺の気のせいじゃなければ、彼女は、愛《いと》おしそうな目をしている。

「私は成長しないから、きっとこの差は、どんどん開いていくんだ」

話題を変えたくて、俺は提案する。

「なあ、東京で行ってみたい場所、他にある？」

もうそろそろ、彼女は消える時間だ。その前に聞いておきたかった。

「あるよ。連れて行ってくれるの？」

「もちろん」

ユウナはうれしそうな表情で、その場所を口にする。


九段下《くだんした》駅を出て道に迷っていると武道館が見える。金色の玉ねぎを載せたような印象的な屋根だ。さらに迷っていると、かの有名な靖国《やすくに》神社にたどり着いた。しかし目的の場所はここではない。スマートフォンの地図アプリを見ながらビジネス街を歩く。目的の場所に着いた時には、空は茜色《あかねいろ》に染まり、暑さもやわらいだ。

線香花火のできる場所を探したが、見つからなかったため、人気《ひとけ》のない裏路地のビルの隙間に隠れて点火した。オレンジ色の火花が生じ、ビル壁にはさまれた空間でかがやく。

水音を響かせながら、頭上にユウナが出現する。

彼女の手を引っ張って神保町《じんぼうちょう》を移動した。

「ここは、まさか」

「吉祥寺を出て電車に乗ったんだ。場所は検索して調べたよ」

ビルにはさまれた路地裏は薄暗い。ユウナを見上げると、ビルに切り取られた夕焼け空を背景に彼女は浮かんでいる。

大通りに出てすぐ目の前に、そのビルはあった。集英社だ。さきほどユウナを呼び出す前に一度ここに来て、場所を確認しておいたので、俺の場合は感動がすくない。

「案外、普通のビルだよな。もっとでかいと思ってた。要塞みたいな巨大な建築物を勝手に想像してたよ。ここで『週刊少年ジャンプ』が作られて、日本中に出回ってるなんて、不思議な気分だよな」

超一流の出版社だから、視界におさまりきらないほどの巨大な建物にオフィスがあるものと思い込んでいた。しかし目の前のビルは、午前中に見学した都市型大学よりも小さく見える。

「近くに行こう!」

俺を急《せ》かす。彼女の手を引っ張って交差点の信号を渡った。ビルの正面玄関に警備員が立っている。日中であれば玄関から入ってエントランスくらいは見学できたのかもしれない。ビルの周辺の路地を移動しながら、俺たちはそのビルを見上げた。

「私ね、好きなエピソードがあるの」

彼女は言った。

「私と大地君が出会った年に、東北で大きな地震が起きたでしょう？　津波で大勢が亡くなって、物流は大混乱。テレビは悲惨なニュースばかり。そんな時、とある書店に、一冊の『ジャンプ』が置かれたの」

その話は俺も知っている。有名なエピソードだ。震災当時の出来事はあまり覚えていないが、後にネットの記事で読んだ。

東日本大震災が発生した翌週、『週刊少年ジャンプ』の最新号が発売された。しかし震災の起きた地域に最新号はなかなか届かなかった。生きるための物資をトラックではこぶのに大人たちは手一杯だった。

そんな時、『ジャンプ』の最新号を持った人が、被災した地域の書店にふらりと現れたという。「ほかの人にも読ませてあげて」と言い、その人は、三月十九日発売の十六号を店に寄付したそうだ。

「その本屋さんに一冊だけ『ジャンプ』の最新号があるって、子どもたちは聞きつけて、大勢が来たそうだよ。みんな、先週の続きを読みたくて読みたくてしかたなかったの。待ち望んでいた一冊だけの『ジャンプ』を、子どもたちみんなで回し読みをした。一人が読み終えたら次の子に。いろんな子が読んだから、その『ジャンプ』はボロボロになって、ページも折れ曲がったり、インクがかすれたりした。私、その話を知った時、胸が熱くなったんだよね。深い愛情を感じたの。それに、勇気づけられもした。漫画という文化が最高の仕事をした瞬間なんじゃないかって思う。その子たち、先週の続きを読むことで日常を維持できたのかもしれない。どんな状況でも、漫画は子どもたちを楽しませてくれる。もしかしたら私が漫画家を目指そうとしたのは、その話を聞いた時だったのかもしれない」

浮遊しながら彼女は、ビルの壁を見上げる。

「その号の『ジャンプ』は、編集部に引き取られて、額装されて保管されてるらしいよ」

「じゃあ、この壁の向こうに？　ユウナだったら、壁をすり抜けられるから、うまくやれば見られるかも」

「一人じゃ無理だよ。浮かぶだけで移動ができないし。それに、どうせ侵入するなら、最新号の原稿を見たいよ。プロの生原稿を」

集英社のビルを様々な角度から眺めて、最後に彼女は一礼をする。

「そろそろいいか」

「うん。移動しよう」

「どっちに行きたい？」

「あっちの方」

彼女は九段下駅の方角とは反対を指差す。

「何か気になるものがあるのか？」

「私、ここに来るのははじめてだけど、生前に見た地図のことを覚えてるんだよね。いつか来ようと思ってたから。私の記憶が正しければ、あっちの方にあるはずなんだよ」

「何が？」

「小学館。ここまで来たら、聖地巡礼するしかないでしょ。本当はＫＡＤＯＫＡＷＡや講談社も見たいけど、そこは我慢する。移動の時間をかんがえると、あきらめるしかない。だからせめて、近所にある小学館だけでも……」

彼女が購読していたのは集英社の『週刊少年ジャンプ』だが、もちろんそれ以外の出版社の漫画も大好きだった。小学館から生まれた様々な漫画の思い出を語りながら、俺たちは西へ移動する。古本屋がそこら中にあった。神保町名物の神田古書店街だ。会社帰りのサラリーマンや、帰宅途中の大学生らしき人々が、店頭の古本を眺めている。

「明日はどこへ行きたい？　新幹線で地元へ帰る前に、もう一回、ユウナを呼び出せるけど」

「線香花火、何本持ってきたの？」

「四本。だからもう一本ある」

貴重なものだから本当は節約しなくてはならない。なくなってしまえば、彼女に会えなくなる。でも、せっかくの東京旅行だ。彼女に東京の風景を見せてあげたい。

暗くなりはじめの都会の空に星がかがやいている。明日の行き先をかんがえているユウナの顔がすぐ近くにあった。横目でそれを見ていると、目があう。

告白すべきだ。言え。気持ちを言葉にしろ。

ふと、そんな風に思う。

しかし、口が動かないまま、時間だけが過ぎた。

小学館のビルを発見して、それを眺めて楽しんでいるうちに、時間が過ぎた。言おうか、言うまいか、迷っているうちに、彼女は消えた。


三日目、雨が降った。ホテルをチェックアウトした俺は、ひとまず駅のロッカーに大きな荷物を預けることにする。夕方に新幹線で地元へ戻る前に回収するつもりだ。

傘を差して都内を移動する。昨日の暑さが何だったのかと不思議になるような涼しさだ。

午前と午後に一校ずつオープンキャンパスに参加した。後は地元へ帰るだけとなる。

しかしその前に、俺は東京タワーへ向かった。

赤羽橋駅《あかばねばし》を出て交差点を渡ると前方に巨大な赤色の電波塔が見える。高さ三三三メートルの姿は、雨の中で灰色の空に溶け込んでおり、巨大な怪獣を前にしたかのような迫力があった。

坂道を上って東京タワーへ近づく。その足元から見上げると、タワーというよりも、視界を覆い尽くすほどの赤色の鉄の塊《かたまり》だった。天辺が霞《かす》んでおり、雲へ吸い込まれていくかのように消えている。

まずは入り口で入場チケットを購入する。その後、人がいない場所を探して、線香花火を取り出した。雨だったので外を歩いている人はまばらだ。東京タワー周辺は木が多く、茂みに潜《ひそ》んで線香花火をすることができた。

傘にあたる雨音を聞きながら、オレンジ色の火花が散るのを眺める。地面の水たまりに光が乱反射して美しい。頭上で水音がする。傘をすこしかたむけて見上げると、雨雲を背景に、長い黒髪と、白い腕が見えた。

「大地君」

ユウナが浮遊している。彼女は俺に向かって微笑《ほほえ》み、そして目の前にそびえる赤色の電波塔に気づいた。

「チケットは買ってある。エレベーターに乗ろうぜ」

線香花火の火球が水たまりに落ちると、のこったゴミを回収する。これで持参した線香花火はゼロだ。

ユウナの手を引っ張って東京タワーのエレベーターへと向かう。普段は行列ができるほど来場者がいるのだろう。エレベーター前の床には行列を整理するためのポールがあった。しかし今日はがらがらだ。待つことなく乗り込むことができた。

「照明、青色なんだね。海の底にいるみたい」

ユウナが言った。乗客は俺とユウナだけだったが、エレベーターガールがいるため返事ができない。

上昇がはじまると、ユウナの体は沈み込んでエレベーターの床に埋まった。

「ちょっ……！」

彼女があせった声を出す。すべての物体をすり抜けてしまうため、俺につかまっていなければ、彼女はエレベーターの箱に置いていかれていたことだろう。上昇していく俺の手に引っ張られる形で、彼女もまた展望台メインデッキへと引き上げられる。

途中、エレベーターの窓から外が見えるようになる。青色の照明は外光へと切り替わり、海中を飛び出したかのような開放感があった。

上昇が終わりエレベーターの扉が開く。展望台メインデッキが目の前に広がった。

「うわあ」とユウナが声をもらす。

地上百五十メートル。東京タワー全体の半分くらいの高さでしかないのだが、景色は素晴らしかった。壁の大部分がガラスになっており、雨にけぶる灰色の都市が視界いっぱいに広がっている。展望台は閑散としており、人はそれほどいない。ユウナの体を引っ張ってガラス製の壁際に立つ。

「晴れていたらどんな景色だったんだろう。富士山も見えていたんだろうか」と俺。

地上にビルがひしめいていた。高速道路の高架や鉄道がミニチュアのようだ。林立する高層ビルは雨のベールに覆われると細部が霞んで見えなくなり、シルエットだけの巨大な存在になる。それが東京という町の神秘性を際立たせ、荘厳な雰囲気をかもしだしている。景色を眺めながら移動する。メインデッキはドーナツ状になっており、一周できる造りだ。

途中で彼女は、俺と手をつないだまま、メインデッキのガラス壁をすり抜けて上半身を外に出していた。観覧車の時と同様、彼女にとって落下の危険はないとわかっていても俺は落ち着かない。

「もしも私が生きていたら、この町で暮らしていたのかな。どんな人生を歩んでいたんだろう。夢をかなえることができたかな。それとも、途中であきらめて、他の道を見つけて暮らしていたのかな」

浮遊状態で逆さま気味になりながら彼女は言った。

「大地君と一緒に東京の大学へ行けたら良かったな」

「そうだな。同じ大学かどうかはわからないけど、割と近い場所に部屋を借りて、たまに会ってご飯を食べたりしていたかもしれない」

いつまで友人関係を続けていたのだろう。

その頃には、さすがに告白して、関係性が変化していただろうか。

「私が……」

ユウナがそう言いかけて、口を閉ざし、首を横に振る。

「やっぱり、いい」

「何だ?」

「別に、今さら、もういいかなと思って」

視線があって、彼女はやさしそうな表情で目を細める。

これまでのことが頭をよぎった。自分が凡庸な人間だと自覚している。幼馴染がそれぞれやりたいことや好きなことがあるのに対し、俺という人間は、何かに強烈な興味を抱くこともなく、どこにでもいる普通の人間として育ってきた。際立った個性もなく、将来のこともかんがえてはいなかった。

ゲームを勧められたらそれで遊ぶ。食べ歩きに誘われたらついていく。バッティングの練習につきあえと言われたら参加する。俺から何かを提案することはない。みんなのやりたいことについていくだけだ。

ユウナと知り合ったのは『週刊少年ジャンプ』がきっかけだが、特別に漫画が好きだったというわけでもない。みんなが読んでいたから、俺も読んでみた、という程度の意識で買っていた。ユウナがいなかったら、東京になんて来なかっただろう。

自分の中にある好意的な感情を言葉にしようとする。胸の内でふくらんだ言葉が声になって自然と出てくる気配があった。すぐ隣で浮遊しながら東京を見つめている横顔に愛しさがあった。

しかし俺が言う前に彼女が口を開いた。

「大地君」

「なんだ?」

「もう、あんまり、私を呼び出さない方がいいのかもしれないね」

悲しそうにユウナは目を伏せる。

想像もしていなかった言葉だ。

「どうして？」

線香花火ならまだある。東京の大学に進学して一人暮らしをはじめたら、彼女を呼び出して擬似的な東京での暮らしだって体験させてあげられる。

「私はもう、死んでるから」

「こうして会える。回数は限られてるけど」

「大地君が、私を哀れに思って呼び出してくれているのなら、もう、平気だよ。確かに、漫画の連載の続きは気になるけどね。こうして呼び出してもらえて、私が死んだ後に刊行された『ジャンプ』や、新しい漫画の単行本も読ませてもらえて、大満足だよ」

「未練がなくなったから、もういいっていうのか？」

「うん。私のことを思って呼び出してくれているのなら、もう大丈夫。大地君は、自分の人生を歩むべきだよ」

彼女は誤解している。

線香花火で彼女に会っていたのは、俺自身がそうしていたからだ。

そうしたかったからだ。

「過去の人間に関わっていたら、大地君が新しい人生をはじめようとした時、きっと邪魔になる。だから私は、大地君の人生からフェードアウトするべきなんだ」

「待ってくれ、俺は……」

そう言いかけ、視線を感じて口ごもる。展望台に人はまばらだが、無人というわけじゃない。近くを通りかかった人が怪訝《けげん》そうに俺を見ていた。

ユウナは両手で俺の手を包んで顔を見る。決意のこもった表情だ。

「大地君、本当にありがとうね。大地君と知り合って、今まで、ずっと楽しかった。私のことは気にしないで、人生を送ってね」

「最後の別れみたいに言うなよ」

家に帰れば、机の中にまだ線香花火はのこっている。また会えるのに、変な奴だなと思う。

「言っておきたかったんだ。私が思っていたことを」

ユウナがすこし照れ笑いをする。真剣味のある雰囲気がうすれて、すこしほっとした。

展望台のメインデッキは二階層になっている。エレベーターを出て歩いていた場所は上の階層だった。下の階層へ移動して景色を眺める。

床が一部、ガラス張りになっている箇所があった。覗き込むと、はるか先に地上が見える。

「乗ってみて、大地君」

ユウナが俺に囁《ささや》いた。大人が上に乗っても割れない強度らしく、心の強い者たちがガラス張りの床に乗っていた。絶叫系アトラクションを超える凄まじいスリルが体験できそうだ。高所恐怖症の者は卒倒するだろう。

「無理だ」

「大丈夫だよ。ほら、みんな歩いてる」

「あれはたまたま、みんなが乗っている時、強度が保たれているだけなんだ。俺が乗った瞬間、経年劣化に耐えきれずにガラスが粉々になるかもしれないだろ」

「大地君が足を載せた瞬間に？　そんな不幸ってある？」

「どんなことだって起こりうるんだぜ。可能性はゼロじゃない」

「もしも大地君が落ちたら、私も落ちてあげる」

「失うものがないから、適当なことが言えるよな」

「大地君がそうなったら、一緒に暮らせるかな」

「それはいいアイデアだ。でもやめておくよ」

ユウナが俺を見て、にこりと笑う。

突然、俺の手を振りほどいた。

「あ、おい……！」

ユウナは俺の体を、とん、と蹴る。

あらゆる物質をすり抜けてしまう彼女は、自力では移動できない。……というのは正確な表現ではなかった。唯一、彼女が触れられるものを利用すれば、彼女はすこしだけ、反作用の力で移動することができるらしい。

プールの壁をキックするみたいに、俺の体を蹴った彼女は、すべるようにメインデッキ一階の空中を移動した。体重のない彼女に蹴られても痛くはないし、俺はよろめきもしなかったけれど。

ユウナはガラス張りの床の上を浮遊しながら進む。水槽を泳ぐ熱帯魚のように。推進力は見えない水の抵抗らしきものを受けてゼロへ近づき、ゆっくりとした動きになる。

俺はあわてて彼女を追いかけて、すこし見上げた位置に漂っている彼女の手をつかんだ。

「ユウナ！」

周囲に人がいて、俺の突然の行動や大声におどろいている。

ユウナは俺を見て、それから、俺が立っている場所に視線を向ける。

靴の下に透明な強化ガラスがあり、百メートル以上もの高さに俺は浮いていた。東京タワーの足元を歩いている人間が極小の点のように見える。思わず乗ってしまった。ガラスはびくともしなかった。ユウナをつかまえなくてはならないという思いが先立ち、恐怖はなかった。

「壊れなかったね、ガラス」

「そうだな、ほっとしたよ」

次第に高所への危機感が戻ってきて、足が震えはじめる。俺は彼女を引っ張ってその場を離れた。まともな床の上に立つと、安堵でへたり込みそうになった。

「なんであんなことしたんだよ」

「大地君がおどろく顔を見たくて」

「おどろいたよ。満足か?」

「うん。まさか私を追いかけて、あの床の上に来てくれるとは」

「咄嗟《とっさ》だったからな」

息を整えていると、彼女の輪郭が曖昧になった。どうやら別れの時間が来たらしい。

「いつも、あっという間に時間が過ぎちゃう」

「そうだな。楽しいと、すぐに終わりが来るんだ」

「大地君、私を東京に連れてきてくれてありがとう。いい思い出ができた」

彼女は俺の手を、両手で包み込む。彼女が触れても重みは感じないが、ひんやりとした冷たさがある。

「俺がおまえを東京に連れてきたんじゃない。おまえが俺を東京に連れてきたんだ。だから、感謝してる」

ユウナは、すこし照れるように、はにかんだ。

展望台の窓の向こうに、雨で薄暗い東京の町並みが広がっている。そこに溶けて広がるように、彼女の姿は拡散して消えた。

手の感触もほどけるようになくなる。

俺は一人になった。

東京駅から乗車した新幹線の車内で、俺はユウナとの会話を思い出す。

彼女に誤解させたまま別れてしまった。死を哀れんでいたから、線香花火で呼び出していたわけではないのに。俺が彼女に会いたくて、そうしていたのだということを、次に会った時にでも、伝えておこう。

ユウナを地上につなぎとめているのは彼女のためではなく、俺の身勝手な感情のせいだ。

俺は、彼女を過去の存在にしたくないのだろう。

雨雲に覆われて薄暗い田園風景の中を新幹線が突っ切る。東京が凄まじい勢いで後方に遠ざかった。


地元の駅にたどり着いたのは夜だった。雨は霧雨になっており、街灯の明かりがロータリーの濡れた地面に反射していた。家に連絡しておいたので、父親が車で駅前まで迎えに来てくれていた。荷物をトランクにしまって助手席に乗り込む。

「大学は、どうだった？　いくつか見て回ったのか？」

エンジンをかけながら父が聞いた。

「まあね。さすが東京って感じだった」

車が発進して、十分ほどで自宅に帰り着く。母と祖父母に挨拶をして、東京駅で買ったお菓子のお土産《みやげ》を差し出すと、ずいぶん喜ばれた。二泊三日しか離れていなかったのに、家のにおいが懐かしく感じられた。やっぱり家は落ち着く。自分では意識していなかったが、東京にいる間、緊張していたのかもしれない。

二階の自室に入ると、すぐに違和感があった。

机の上に置いていた参考書やペン立ての配置がおかしい。本棚にならんでいた漫画や雑誌も、順番が入れ替わっている。胸騒ぎがした。俺の留守中、だれかがこの部屋に入り込んだ形跡がある。

そういえば親戚が遊びに来ていた。親戚の家には、活発な男の子が三人いる。この家に寝泊まりしていたという。彼らがこの部屋に入って遊んでいたのかもしれない。

悪い予感がして、机の引き出しを開けた。いつもそこにあったはずのものを探す。おかしい。どこにもない。

引き出しを机から引き抜いてひっくり返した。やっぱり、見つけられなかった。

俺は四本しか東京に持っていってなかった。数に限りのある、大切なものだから、持ちはこぶのは危険だと思い、のこりは保管していたのに。

駄菓子屋で手に入れた線香花火が消えていた。大切に使えば、まだしばらくは、ユウナに会えるはずだったのに。それら一切が、消えていた。

父母の話によると、親戚の男の子たちが俺の部屋で無断で遊んでいたところ、机の中にあった線香花火を発見したという。線香花火の束を握りしめ、父母の前に持ってきて聞いた。

「これ、やっていい？」

父母はその線香花火が俺にとって大事なものだとは知らなかった。

その晩、みんなで家の庭に出て線香花火を楽しんだそうだ。

一本のこらず彼らは火を点けて、俺の手元にはのこらなかった。

5

高校の卒業式は、例年にくらべて規模を縮小し、時間を短縮して行われた。首相が会見を開き、イベントの自粛要請を呼びかけたためだ。コンビニエンスストアやスーパーやドラッグストアからマスクが消えて、ネットオークションで高値がついて売買されるようになった。二〇二〇年。新型コロナウイルスの世界的な蔓延《まんえん》によって様々な分野の経済活動が停滞した。

そんな状況でも、幼馴染《おさななじみ》たちはそれぞれの居場所を確保して新生活をはじめたようだ。時折、心配そうな様子で連絡をくれた。大丈夫、こっちも、なんとか、やってるから。と、俺は返事をする。

難関と言われる京都の某大学を目指していた秀は、無事に合格して地元を離れた。

満男は宣言通り家業を継いだ。地元にのこって家族と住んでいる。

塔子も順調だ。スポーツトレーナーになるべく専門学校に通いはじめた。隣の県に移り住み、一人暮らしをはじめた。

ユウナの友人である矢井田凜は九州の大学に進学したらしい。交流がないため詳しくは知らないが、春になっても緊急事態宣言が解除されず、夏になるまで講義は行われなかったという。

ユウナの弟の一郎も元気だ。たまに道端で遭遇して挨拶《あいさつ》を交わす。

「おまえ、ひどい格好だな。前にうちで会った時の方がマシだぞ」

母親が作ったという手作りの布製マスクをした一郎に、そんなことを言われた。

俺は受験に失敗し、すべての大学に落ちていた。当然だ。受験勉強なんてしなかった。

そんなことができる精神状態ではなかったから。俺の人生も停滞していた。


「もう、あんまり、私を呼び出さない方がいいのかもしれないね」


東京タワーで聞いたユウナの言葉が思い出される。

線香花火がすべて失われてしまったのは、もしかしたら彼女の意思だったのかもしれない。そうかんがえることで、親戚の男の子たちや、一緒に線香花火を楽しんだ家族を許すことができた。俺なんかが、許す、などと上から目線のことを言うのはおこがましいけれど。

彼女との別れがまだ終わっていなかった。いつか必ずその時が来るとわかっていたはずなのに先延ばしにしていた。まだ猶予はあるのだと思い込んでいた。だけど唐突に、彼女と会えなくなった。

市場に出回っている線香花火を探したが、もう見つかることはなかった。

コロナ禍で世界中が混乱に陥《おちい》っている最中、俺は何もせず家で過ごしていた。家族は腫《は》れ物《もの》に触れるみたいに俺のことを見る。無気力に自室で横たわり、天井を見上げているうちに一日が終わった。

どこかで水の音がした時だけ、起き上がり、音の発生源を探す。頭上を見て、ユウナが戻ってきたんじゃないかと期待する。しかし、一階で母が水仕事をしている際の音だったと判明し、失ったものの大きさを知る。

満男が泣きながら電話をしてきたので、何事かと思ったら、大好きな食べ放題の店がコロナの影響で閉店してしまったとのことだった。飲食店はどこも厳しいらしい。俺は満男の泣き言につきあった。

地域によっては県をまたいでの移動が制限されるようになった。人々は人口密度の高い都会へ行くのを避けた。特に東京などの大都市は新型コロナウイルスの新規感染者も多く、地方在住者がもっとも敬遠すべき土地になった。一年前、二泊三日で東京旅行に行けたのが嘘みたいだった。

目を閉じると、東京でユウナと過ごした時間が思い出された。

夜の観覧車で、天辺《てっぺん》付近に到達し、彼女がゴンドラから身を乗り出した時のこと。まるで東京の上空を飛んでいるみたいだった。地上の音が聞こえず、静かで、まるであの世みたいだと、彼女は言っていた。

全部、夢だったのだろうか。今となってはそう思えてくる。そもそも、死んでしまった人間が、俺にだけ見える状態で戻ってくるなど、起こりうるだろうか。非現実的だ。すべては俺の妄想だった、とかんがえる方がしっくりくる。

秋頃、俺はようやく動き出せるようになった。立ち上がるきっかけになったのは、ユウナの描いた漫画『スーパーフロート！』の原稿だ。浮遊するユウナと過ごした時間が、はたして本当だったのかどうか、いよいよ判別できなくなり、一ノ瀬家から回収してきた原稿をひさしぶりに読んでみることにしたのだ。

封筒に入った漫画原稿の束は実在した。ずっしりと重みがあり、手で触れられる。一枚ずつ原稿をめくって彼女の筆致を眺めた。登場人物の台詞《せりふ》から垣間見える彼女の心に触れる。原稿の表面は真っ平らではない。インクがのっている部分は、ほんのすこしだけ、手触りが違う。微妙な凹凸があり、原稿に触れると指の腹にそれを感じる。情熱が伝わってきて胸が熱くなる。

「あーあ、次回作を描けたら良かったな。もっともっと作品を作りたかった」

俺はよろよろとスマートフォンに手をのばして、予備校に入学する方法を調べはじめる。もう一度、受験勉強をやるためだ。今の俺を彼女が見たら、どんなに失望するだろう。人生を無駄に消費していた。彼女は突然の死によって夢をあきらめなくてはならなかったのに、人生が続いているはずの俺が、このまま何もしないでいるのは、彼女の人生に対する冒瀆《ぼうとく》だろう。このままじゃだめだ。

家族に宣言して家を出ることにした。実家から予備校に通うという選択肢もあったが、俺はこの勢いのまま親元を離れるべきだと判断した。良くも悪くも、地元は温かい。俺が困窮《こんきゅう》していたら、きっと家族や知り合いが手助けしてくれて、保護してくれる。だけどそれではいけない。

東京で一人暮らしをすることに決めた。今このタイミングで東京に行かなくても、と家族に引き止められたが、俺の決意は固かった。家族も渋々、許可をくれた。そのかわり、新型コロナウイルスについての様々な問題が収束するまでは地元に帰ってくるなと言われた。東京からウイルスを持ち帰ってくることを心配していたのだ。

空席ばかりの新幹線に乗って東京へ向かった。荷物はスーツケースひとつだけだ。衣類の合間に、ユウナの原稿をはさんでおいた。都心から離れた地域に安アパートを借りて一人暮らしがはじまった。予備校に通いながら、アルバイトに明け暮れた。コロナ禍においても、探せばバイト先は見つかるものだ。一日に何度も手洗い消毒を行いながら俺は働き、勉強をした。

一人暮らしの生活にようやく慣れてきた頃、冬が訪れた。

東京の町に、雪が降った。

二〇二一年。

同級生の女の子から、恋人になってほしいと告白された。同級生と言っても、俺は一年浪人しているので彼女は年下だ。マイナーな選択科目の授業で顔見知りになり、近くの席に座ったり、教室を移動する際、ならんで歩いたりしているうちに親しくなった。彼女は北陸の出身で、大学進学をきっかけに上京したという。地方出身者同士ということで、意気投合した部分もある。俺は予備校時代に上京していたから、彼女よりもすこしだけ東京の地理に詳しく、町を案内することもできた。何度目かの緊急事態宣言が発令されていたものの、最初の頃よりも世間の危機感は薄くなっていた。海外ではワクチン接種がはじまっており、それなりの効果が得られていた。

彼女のことがきらいではなかった。だけど告白への返答はできなかった。

「遠藤君、何か趣味とかあるの？」

「駄菓子屋めぐりです」

アルバイト先で先輩の男性から質問されて、それに答える。先輩は笑った。

「変な趣味だね」

「そうかもしれないですね」

厨房《ちゆうぼう》の片隅で、当《あ》たり障《さわ》りのないやり取りで時間をつぶす。

上京後も、暇な時間ができたら、線香花火が売っていそうな場所をネット検索して巡った。古い駄菓子屋ならば、もしかしたら例の線香花火の在庫が眠っているんじゃないかという期待があった。

東京には花火の専門店がいくつもあり、そちらにも訪ねてみる。数百種類の手持ち花火を網羅する浅草《あさくさ》の老舗《しにせ》の店。大正時代に創業して今も続く花火玩具問屋。店の人と話をして、俺の求める線香花火の在庫を調べてもらったが、どこにも見当たらなかった。

昨今の線香花火事情についても詳しくなった。現在の線香花火のほとんどは海外で製造されたものだという。しかし国内の少数のメーカーが、線香花火のブランド化に成功しているそうだ。実際にその商品を見せてもらった。桐箱に入れられた高級線香花火は、国産の高級な火薬と和紙を使用し、職人が一本ずつ丹念に作製したものだという。和紙には淡い涼やかな染色がほどこされており、火を点けるのがもったいないほどの洗練された雰囲気があった。

「今度、飲み会があるけど、来る?」

バイト先の先輩が聞いた。

俺はもう酒が飲める年齢になっている。

「飲み会？　そんな店、あるんですか？」

「あるんだよ。こっそり酒を出してくれるんだ」

「悪い店ですね、そこ」

都からのお願いで、飲食店は酒類の提供を自粛していた。新型コロナウイルスの蔓延を防止するためである。店自体も夜の八時で閉めなくてはならない。

「俺はやめときます」

「そうだよな。俺もやめようかな。変異株がやばそうだもんな」

そもそも、まだ酒のおいしさがわからなかった。なんで大人はあんなもの飲むのだろう。ビールは苦い飲み物としか感じられず、積極的に飲みたいとは思えなかった。

東京で暮らしていると、ユウナと一緒に行った場所を、通りかかることがある。例えば吉祥寺の井の頭公園。春になると、浮遊するユウナの手を握りしめて歩いた池の畔《ほとり》には、満開の桜がひしめいていた。例年、東京近郊で暮らす人々が一面にビニールシートを敷いて、酒を飲んでいるらしい。しかし俺が行った時は、コロナの影響で花見が禁止されていたので、人々は桜を見上げながらただ歩いていた。

電車で水道橋《すいどうばし》付近を通る時、東京ドームと観覧車が窓の外に見える。ユウナと観覧車に乗った時のことが頭をよぎる。東京タワーを見かけた時もそうなる。俺は後悔で押しつぶされ、頭を抱えてうずくまりたくなる。

言うべきことを言わないまま俺たちは終わった。そのことが今も引っかかり続けていた。告白もせず、まともにお別れの言葉さえ伝えられなかった。その心のこりで自分を責める。ユウナのことをまだ完全に消化できていない。こんな状態では、同級生の女の子の好意を受け取ることなんて無理だ。きっと不義理にあたる。

「私のことは気にしないで、人生を送ってね」

ユウナは言った。しかし、心というものは、そう単純ではない。同級生の女の子とつきあいはじめたとして、俺は彼女に、どんな言葉を捧げることができるのだろう。

同級生に、恋人にはなれないという返答をした。彼女は残念そうにしていたが、その後も友人としてのつきあいは続いた。数ヶ月後、その同級生に彼氏ができた。他の大学に通っている男子らしい。次第に彼女とも疎遠になり、お互いにそれぞれ交流するグループができてからは、あまり話をしなくなった。

二十五歳の時、幼馴染の結婚式に出席した。

新郎は秀、新婦は塔子だ。二人はいつからつきあっていたのだろう。聞いた話によれば、ユウナの死後、落ち込んでいる俺をなんとかしたくて相談しているうちに距離が近くなったらしい。しかし本格的につきあいだしたのは高校卒業後だったという。とにかくおめでたいことだ。地元の結婚式場に、共通の友人や親類縁者があつまった。

キリスト教式の結婚式だった。式場内のチャペルに新郎新婦が入場し、神父の前へと進む。秀は背が高くてタキシード姿がよく似合っていた。化粧をしてウェディングドレスに身を包んだ塔子は美人だ。幸せそうな二人の表情に胸が熱くなり泣きそうになる。

神父が二人にたずねた。

「その健やかなる時も、病める時も、喜びの時も、悲しみの時も、富める時も、貧しい時も、これを愛し、これを敬い、これを慰め、これを助け、死が二人を分かつまで愛し慈しむことを誓いますか？」

二人が宣言する。

「誓います」

死が二人を分かつまで。その言葉が胸に響いた。

披露宴の最中、俺と満男は余興を頼まれていた。幼馴染として小学生時代の写真をプロジェクターでスクリーンに映し、思い出を語るというものだ。音楽とともに、クリスマス会の写真や夏祭りの写真が結婚式場のスクリーンに投影される。俺と満男は交代で、あらかじめ用意していた原稿を読み上げる。映し出された五人の少年少女の中にユウナの姿もあった。あいつもこの結婚式に参加したかっただろうなと思う。

「お幸せに」

「また遊ぼうな」

原稿を読み終えると、俺と満男は二人を祝福する。

秀と塔子は照れくさそうにしていた。

塔子の側の友人席には、中高生時代の後輩の女の子たちが座っていたのだが、全員で秀を恨めしそうに見ていた。塔子は女の子に人気のあるタイプだったので、大好きな先輩をとられたという気持ちが強いのだろう。

俺と満男は秀側の友人席にいた。俺たち以外にも秀の友人があつめられており、全員がほぼ初対面のはずなのに、最初から打ち解けて話すことができた。というのも、全員、オンラインゲームで交流のある仲間たちだったからだ。お互いにフレンド登録しており、ゲームをしながら一晩中、ボイスチャットしていたこともある。俺たちはハンドルネームで呼び合いながら、はこばれてくるシャンパンを飲んだ。

披露宴が終わって二次会のレストランへ移動しながら満男と話をする。

「店は順調か？」

「ネット通販がうまくいってるよ。少子化の影響なのか、懇意にしていたお店がつぶれちゃったけどね。今のところ、うちは大丈夫」

「良かったな」

「大地君は？　仕事は順調？」

「毎日、死にそうだよ」

「このまま東京で暮らすんだね」

「まあな、そのつもり」

俺は小さな出版社に就職していた。名前を言っても、だれも知らないような会社だ。

ちなみに秀は京都の大学院で研究室の助手をしているという。塔子はトレーナーの資格を得て職探し中だ。結婚後はおそらく、秀のいる京都に塔子が引っ越して一緒に住むのだろう。そんな話をする。

二次会の幹事は塔子の後輩たちが引き受けていた。女の子が好みそうなおしゃれなレストランに移動する。今日の主役である秀と塔子がやってきて本日二度目の祝福を受けていた。二次会は友人関係がメインの飲み会となった。

俺と満男のいる席に、秀がやってきた。

「今日はありがとう」

俺は秀の持っているグラスにビールを注いだ。彼はおいしそうにそれを飲む。いつのまにか俺たちは酒をうまいと感じるようになっていた。

「あの秀と、あの塔子が、まさかくっつくとはな。インドアタイプと、アウトドアタイプの、奇跡のカップルじゃないか。おまえたちが二人の時、どんな話をしてるのか想像がつかないよ」

「子どもはどっちのタイプになるんだろうね」

酔って赤ら顔の満男が言った。

「気が早いよ、やめろって」

秀は満男のお腹の脂肪をつまんでくすぐった。満男が笑う。

それから秀は、俺に向き直り、握手を求めてくる。手を差し出すと、俺の手を固く握りしめた。

「大地。おまえのおかげだ。引きこもりで廃人状態のおまえをなんとかしようと相談するうちに塔子と距離が近くなったんだ。おまえが塞ぎ込んでなかったら、こうなってなかった」

はっきりとは言わないが、秀は以前から塔子のことが好きだったのではないか、という気がした。

「あれから何年が経った?」

俺はつぶやく。俺が塞ぎ込んでいたのはユウナの死がきっかけで、彼女は十七の時に死んだから、と計算する。

「八年だな」

「ああ、八年だ」

「もう、そんなに経つんだね」

俺たちはユウナのことを思い出しながら、すこしの間、静かに酒を飲んだ。黙り込むと、周囲の騒々しさが際立った。

秀がゲーム仲間のテーブルに移動すると、入れ替わりに塔子がやってきた。塔子は披露宴で着ていたウェディングドレスから、ラフな格好に着替えている。昔は男の子みたいな容姿だったが、今は色気のある美人に進化した。しかし、芋焼酎がなみなみと注がれたグラスを男らしくすすっている様《さま》は、塔子の父親を思い出させた。彼女の父親が披露宴で同じように酒を飲んでいたのを見たばかりだ。

「満男はあいかわらず、やわらかボディーだね。ずっとこのままでいなよ」

塔子もまた秀と同じように、満男の腹の肉をつまんでくすぐった。

「痩《や》せたら許さないよ。さわり心地が悪くなる」

「わかったよ。痩せるつもりもないし。これからもカロリーを摂取するつもりさ。うん。僕はこれからも高カロリーを摂取する」

誇らしそうな顔で満男は宣言する。

塔子は芋焼酎をごくごくと飲んで俺を見る。

「大地、東京で恋人はできたの?」

「まだだ」

「ユウナの幻影はまだ消えてないみたいだな」

うっ、と俺はうめく。

確かにその通りだ。恋人が作れそうなチャンスはこれまでにもあった。だけど一歩が踏み出せないのは、ユウナのことが頭にあったからだ。

「塔子、おまえ、がさつだよな。俺の心のデリケートな部分に土足で入り込んでるぞ」

「ひとまず何もかんがえずに、だれかとつきあってみたらいいんじゃないか。いつまでもそんなだと、さすがに女々しいぞ」

「わかってるよ。でも、そんなのは、両方に悪い気がしてさ」

「両方って？」

片方はユウナ。

もう片方は、ひとまずでつきあってみる女の子のことだ。

「いや、そもそも、ひとまずでつきあってみる女の子って、どこにいるんだよ？　そんな簡単に男女交際できるわけないだろ普通」

「そうかな？　私はよく、好きですって言われてたけどな、女の子に」

「塔子が特殊なんだよ」

二次会が終わって、秀と塔子はタクシーで帰ることになった。二人が乗り込んだタクシーをみんなで見送る。遠ざかる車内から、二人が俺と満男に向かって手を振ってくれた。

俺と満男もタクシーの割り勘をしてそれぞれの実家へ戻った。両親から結婚式の様子を根掘り葉掘り聞かれた。

翌日、会社に出社するため、すぐに東京へ出発しなければならなかった。俺はすっかりサラリーマンになっていた。

出版社の多くは中小企業だ。日本には三千社ほどが存在し、そのうち半数が十名に満たない従業員で構成されている。大学卒業後に俺が入社したのは、そんな小さな会社だった。

人がすくないため、編集もやるし、書店への営業もやる。取り扱っている本も様々だ。就職活動をしていた時、大手出版社の面接も受けてみたが、軒並《のきな》み落ちてしまった。最後にすべり込みでなんとか入れた会社がここだった。

入社試験なんてものはなかったが、社長が直々に面接をした。

「ライトノベル界隈《かいわい》で、異世界転生ものが流行った時期があるよな。どうしてあんなものが流行ったと思う?」

社長がそんな質問をした。入社する前の俺は知らなかったが、その時期、ライトノベルのレーベル立ち上げを検討していたらしい。当時の俺はその分野に詳しくなかったが、ずっと以前、かんがえたことを口にしてみた。異世界転生という概念には、いくつかの宗教の死生観がブレンドされているのではないか、というものだ。その話は社長に大いにうけた。同じ質問をいろんな人にしてみたが、俺の意見は特殊な方だったらしい。それからしばらくして、採用の連絡が来た。

ユウナがいなかったら、こうなってはいなかっただろう。俺は死についてかんがえることもしなかった。社長に語ったような話はできず、入社もできなかったはずだ。俺が社会人としてなんとかやっていられるのは、きっと彼女のおかげなのだ。

営業のために書店へ行くと、ユウナが好きだった漫画家の最新作がならんでいた。彼女が当時、熱心に連載を追いかけていた作品はだいぶ前に完結している。いつのまにか俺は二十七歳になっていた。ユウナの死から十年が経過したことになる。

就職の際、マンションに引っ越した。会社のオフィスがあるビルから数駅ほど離れた立地で、終電を逃しても歩いて帰れる距離だ。満員電車にも慣れた。背広を着て、ネクタイを締めて、くたくたになるまで東京の町で働く。電車から見える高層ビル群の風景は俺の日常となった。雨の日も、雪の日も、晴れた日も、東京の町は美しかった。

通勤時の電車でネット小説を読む。これも仕事だ。趣味で小説を執筆し、ネット上に公開している人が大勢いる。社長の指示で、商業作家デビューしていない有望な書き手を探していた。そういう書き手を発見したら他の出版社にとられる前に連絡をとらなくてはならない。

ある日、おもしろいネット小説を見つけた。作者のことを知りたくて、公開されているSNSのページを確認してみると、どうやら俺と同い年だと判明する。地元も一緒のようだ。本名ではなくペンネームでの活動だったので、性別がよくわからないが、作風やSNSに公開されている情報から女性だろうと推測できた。

そういえば、高校時代にユウナの友人だった矢井田凛も、ネット小説を書いていると聞いた気がする。今も創作は続けているのだろうか。もしかしたらこの作者は彼女なんじゃないか、と想像する。

いや、そんな偶然あるだろうか。SNSあてにメッセージを送ってみるか迷う。ちなみに、彼女のSNSにはもうすでに「書籍化決定！」という報告が掲載されていた。他の出版社がうちより先に目をつけて連絡済みらしい。残念。

会社の先輩に誘われ、他の出版社の人と新宿で飲み会をした。カラオケに行き、十代の頃に流行った曲を歌った。夜の新宿のネオンが、濡れた路面に反射して綺麗だった。何度か同じメンバーで会うようになって、その中の一人の女性が、俺に彼女はいるのかと聞いてきた。いない、と返事をすると、私とつきあってほしい、と言われた。

塔子に言われたことを思い出した。ひとまずつきあってしまえばいい、と。

だけど俺は保留にした。すこしだけかんがえさせてくれ、と彼女に伝える。

満男から連絡が来たのは、そんな冬の日のことだった。

東京駅で新幹線に飛び乗った俺は、デッキでスマートフォンを取り出し、会社に連絡を入れた。営業回りの最中だったが、急遽《きゅうきょ》、地元に帰らなくてはならなくなったと社長に話す。会社には戻らずにこのまま出発することや、すでに新幹線の車内にいることなどを説明すると呆《あき》れられた。

都市の風景が車窓を流れていく。やがて新幹線は東京を離れ、郊外の見晴らしのいい景色が広がった。

俺たちが森にタイムカプセルを埋めたのは、小学校の卒業を間近にひかえた日のことだ。それぞれに大事なものを持ち寄って、一斗缶の中に詰め込み、大人たちに隠れて神社の裏手の森に穴を掘って埋めた。

メンバーはいつもの五人。

俺と秀と満男と塔子、そしてユウナだ。

だれの発案だったのかは覚えていない。子ども時代に私物を地中に埋め、大人になった時に掘り返して過去を懐かしむという慣習を何かで知り、自分たちもやってみようと盛り上がったのだろう。

俺は一斗缶の中に、飽きていらなくなったゲームソフトをいくつか入れた。他の奴に見えないように布製の巾着袋《きんちゃくぶくろ》で包んでおいた。他の奴が何を入れたのかは聞かなかった。秘密にしておくのが暗黙の了解だ。そうでなければ、大人になって掘り返した時にサプライズが生まれない。

ユウナは小さめのお菓子の缶を持ってきていた。缶の表面にマジックで【ユウナ】と書かれていた。

「何年後に掘り返すの？」

「二十年後くらい？」

「そのころ俺たち、何してるんだろうな」

神社の裏の森は、滅多に人が入らない場所だった。木々が絡みつくように茂っており、地面には枯れ葉が厚く積もっている。スコップで交代で穴を掘った。

「この場所がわかるように目印をつけておこう」

「枝を地面に刺しとく？」

「台風がきたら倒れちゃうんじゃない？」

「石をこの辺にならべとこうぜ」

「せっかくだし、大きめの石で、ストーンヘンジみたいなの作っとくか」

「ストーンヘンジって何？」

「イギリスにある遺跡だよ」

俺たちは一抱えもある石を何個も探してきてはこんだ。一斗缶を埋めた場所を中心として円形にならべる。

「大人になったら、またここにあつまろうね」

と、ユウナが言った。

大人になる前に彼女が死ぬとは想像もしていなかった。

地元の最寄り駅に到着した時、まだ日暮れ前の時間帯だった。冬の空に薄い雲がはりついている。駅を出た場所で満男が寒そうにしながら待っていた。丸い体はあいかわらずだ。厚いコートに身を包んでいたので余計にふくらんで見える。俺を発見すると彼はおどろいていた。

「うわ！　本当に来ちゃったよ！」

連絡をもらった時、すぐにそちらへ向かう、と伝えておいたのだが、半信半疑だったのだろう。

「タイムカプセルは？　持ってきてるのか？」

「うん。車の中。どうしたんだよ、そんなにいそいで来なくても良かったんじゃないの？仕事は大丈夫？」

俺の格好を見て満男が言った。背広にビジネス鞄に革靴。地元に帰ってくる時の服装ではない。

満男を急《せ》かして駅前の駐車場に向かう。彼の軽自動車は社用車もかねており、店名が側面に印刷されている。後部座席の足元に、土のついた一斗缶が置かれていた。見覚えがある。小学校の卒業記念に地中へ埋めたものだった。

「今度、神社裏の森が伐採されることになったんだ。あの辺の土地、持ち主がいたみたいでね、住宅地か何かにするつもりらしいよ。開発は来年からだけど、そのうち立入禁止になるみたい。そうなる前にタイムカプセルを掘り返した方がいいんじゃないかなって思ったのさ。覚えてる？　昔、宝物を埋めたでしょう？」

営業回りの最中、満男からそのような連絡を受けた。

「秀にメールで相談してみたんだけど、開発がはじまる前に掘り返すべきだって話になってね、僕がみんなの代表としてスコップを持って回収してきたってわけ。あれからずいぶん経ったけど、まだ石がならんでたよ。だから場所はすぐにわかった。大変だったけど、一斗缶は無事に持ち帰ることができた。うちに保管しておくからさ、今度、帰省した時にでも取りに来てよ。全員であつまった時に開封の儀式でもやった方がいいのかな。でもね、僕、気になって、自分の分だけでも先に見ちゃおうと思ってね、先にもう蓋《ふた》を開けちゃったんだ。中身は無事かなって心配だったしね。……あと、それから、もうひとつ、謝らなくちゃいけないんだけど」

電話の向こうで満男は言いにくそうにしていた。

「自分の宝物を取り出す時、ユウナちゃんの缶が一緒に出てきて転がっちゃったんだ。蓋が外れて、中に入ってたものが散らばっちゃってね。これって、ユウナちゃんの家族に渡した方がいいよね。念のため、大地君に報告しておこうと思って」

ユウナが缶の中に何を入れたのか気になった。

マナー違反だと思いつつも満男に聞いてみた。

「便箋が入ってたよ。中身は読んでない。未来の自分への手紙かな。それと、消しゴム、ビー玉、あと、それから……」

駐車場で俺は一斗缶の蓋を開封する。少年時代の俺たちが詰めたアイテムが中に入っていた。一番上に【ユウナ】とマジックで書かれたお菓子の缶が見える。

蓋を開けてみた。満男が電話で話していた通りのものが入っている。便箋、消しゴム、ビー玉。それから一本だけ、細い紙縒《こよ》り状のもの。まっすぐだと入りきらないため、ゆるくカーブして缶の中におさまっている。

線香花火だった。間違いなくそれは、ユウナの好きだった例の線香花火だ。見るのは何年ぶりだろう。俺はすぐに缶の蓋を閉めた。

「……満男、頼む。この缶、一晩だけ貸してくれないか。明日になったら必ず、あいつの家に届けるから」

「いいよ、わかった。大地君の方から、ユウナちゃんの家に持っていってあげてよ。むしろその方が喜ばれるかもしれない」

「ありがとう、満男」

俺は満男の手を握りしめる。脂肪に包まれた彼の手は、やわらかく、マシュマロのようだった。

「何だよ。どうしたんだよ今日は。おかしいよ」

困惑気味の満男とその場で別れた。ユウナの宝物の詰まった缶だけを受け取り、他のものは一斗缶ごと彼の家に保管してもらう。そのうちにみんなであつまって開封する約束をした。俺が詰めておいたゲームソフトもその時に眺めることにしよう。

満男は商用車に乗り込んで発進する。これから店に戻ってお菓子の納品の確認などをするらしい。彼の車が遠ざかるのを見送った。

この手紙を読むころ
あなたは何才ですか？
元気にくらしていますか？

いまの私が大切にしているものを
タイムカプセルにいれておきます。

消しゴムは
私のおきにいりのやつです。
いいにおいがするので
学校でよく鼻にくっつけています。

ビー玉は
大地くんとラムネをのんだとき
もらったものです。

それをすかして世界をみると
とてもきれいです。

線香花火も一本だけいれておきます。
私の大好きな思い出です。

あなたに聞きたいことがあります。
夢はかないましたか？

かなわなかったとしても
がんばったのなら
それでいいですよ。

ユウナより

便箋には何が書いてあるのだろう。勝手に読むわけにはいかない。ユウナの家族に許可をもらうまで目を通すのはやめておこう。

河川敷へ移動する途中、コンビニでライターを購入した。太陽が地平線に近づくにつれ、透明な澄んだ冬の空は、紫色へと変化する。片手にビジネス鞄を握りしめ、もう一方の手に缶を抱えていると、寒さで指先が冷たくなった。

十二歳の時に地中に埋めたから、十五年前の線香花火だ。今も問題なく使用できるのかどうかわからない。保存状態が良ければ、手持ち花火は十年以上もつというが、火を点けたところで、彼女がまた現れるとは限らない。

枯れ草が河川敷の土手を覆っている。石の転がっている地面を革靴で踏みながら川縁に近づいた。大昔、みんなで手持ち花火を楽しんだ場所だ。

俺は深呼吸すると、缶の蓋を開けて、線香花火を取り出した。

ライターで点火する。緊張で手がおぼつかない。

線香花火の先端を熱していると、ちりちりと音をたてて、火薬が燃えはじめた。

懐かしい感覚。煙が出て、つんとした花火のにおいがする。

紙縒りの先端に火球が生じ、【蕾《つぼみ》】の状態になる。それが育ち、火花が散りはじめるのを祈った。赤ん坊が健康に育つのを願う気持ちに似ている。線香花火は人生の過程を凝縮したものだ、とはよく言ったものだ。

火球から火花が生じた。夕暮れの影が濃くなった場所に、鮮やかなオレンジ色の光が放たれる。それは勢いを増し、【牡丹《ぼたん》】、そして【松葉】へと変化する。光の残像が目に焼き付いた。

頭上で水の音がする。

水中で人が身動《みじろ》ぎして、水泡が弾けるような音だ。

人が浮いていた。胎児のように体を丸めた状態で、彼女がゆっくりと回転運動している。長い黒髪が水中を漂うようにゆらめいていた。膝《ひざ》に顔をくっつけるような姿だから顔は見えないが間違いない。

「ユウナ」

声をかけると反応があった。彼女は顔を上げ、周囲に視線をさまよわせる。最後に東京タワーの展望台メインデッキで見た時と変わらない姿だった。命を失った時点の年齢。十七歳のユウナが浮遊している。彼女は俺を見つけ、声を出した。

「大地……、君……？」

すこし寝ぼけているような表情だ。戸惑いながらも、俺に向かって手を差し出す。俺はその手をいそいでつかむ。彼女の体は頭上に出現した時点から、謎の浮力で上昇しようとしていた。

「ひさしぶりだな」

彼女はまじまじと俺の顔を見る。

「雰囲気、変わったね。それに、大人みたいな格好してる」

俺の手を支えにして彼女は姿勢を制御した。懐かしい気持ちで胸がいっぱいになる。毎週花火で彼女を呼び出していた頃の感覚が呼び起こされた。あれから十年近くが経っている。

「大地君、今、何歳?」

「二十七歳になった。あと三年で三十歳だ。嘘みたいだよな」

ユウナが目を丸くしておどろいた顔をする。

「もうすっかり大人なんだ……」

「ユウナは、変わらないな」

かつて同年齢だった彼女と、ずいぶん年齢差ができてしまった。自分が十代だった頃はそんなこと思わなかったが、あらためてユウナを見ると、顔立ちや体つきにまだ未成熟な雰囲気があった。大人になる直前くらいの時点で時間が停止している。まだ幼く、子どもの部分がある。

「最初、知らない人かと思って、びっくりしたよ！」

「東京タワーで会ってから、ずいぶん経ったんだ。いろいろあった。ほんとうに、いろいろ。俺もだけど、日本や世界で、大変な出来事がたくさん起きたよ」

線香花火は役目を終え、火球は地面に落下した。

保管していた線香花火を親戚の子どもたちに駄目にされていたこと、上京して予備校に入ったこと、就職のことなどを説明する。

「もう、二度と会えないと思ってた。タイムカプセルに線香花火が一本だけ入ってたんだ」

河川敷は冬の夕暮れに染まっている。西の方角へと沈んでいく太陽が俺の影を長くのばしていた。しかし浮遊するユウナには影がない。物理現象とは無関係の存在なのだ。

「そういえば、秀と塔子が結婚したんだぜ」

「あの二人が!?」

「結婚式もやったんだぜ。今は京都で赤ちゃんを育ててる」

「男の子？　女の子？」

「女の子だ」

「うわあ、すごい！　塔子ちゃんが、お母さんになるなんて！　満男君は？　元気？」

「あいつは、あいかわらずだ。今度、お見合いをするらしい。いい相手が見つかるといいけど」

「ふうん。じゃあ、大地君は？」

「まだ独身だ」

「そうなんだね。どうして結婚しないの」

「知らないのか？　まずは恋人を作らなくちゃ結婚できないんだ」

「早く作ればいいのに」

「人生はそう単純じゃないんだよ」

俺はユウナの手を引っ張って、すこしだけ河川敷を歩いた。

丸みのある石が川縁に広がっている。

対岸も似たような状態で、枯れ草の土手があり、その向こうは空だ。

「東京はどう？」

「もうすっかり慣れたよ。満員電車も。飲み会で終電を逃すのも」

「大学で熱中できるようなこと、見つけられた？」

「結局だめだった。おまえにとっての漫画みたいな、情熱を捧げられるような対象なんて、見つからなかった。だけど、ほとんどの人間がそうだった。俺みたいな奴がたくさんいた。世間はそういうものらしい。でも、一応、今の仕事にやりがいを感じている」

出版に関わっている。そのことに誇らしさがあった。ユウナの影響があるのは間違いない。彼女とのつながりはいつも漫画だったから。

自分の関係した書籍も、もしかしたら、この世界のどこかで、だれかとだれかを結びつけているかもしれない。それなら今の自分の仕事は素晴らしいものだと思える。

大人になって社会で暮らしはじめると、予想外のつらい出来事に遭遇する。納得できないことも、無理やりに納得しなくてはならなかったりする。悪意のある言葉に傷ついて、悔しくて眠れなくなる時もある。その度《たび》に立ちすくんで、自信をすっかり失ってしまう。もしも仕事への自尊心がなかったら前に進むことはできなかった。どこかで途方に暮れて心を壊していたはずだ。

「嘘みたいだろ。仕事の後、職場の仲間と酒を飲みに行ったりするんだぜ。かんがえられないよな」

「すっかり大人だね。早く恋人を作って幸せになりなよ」

ユウナが言った。

俺は彼女のやさしい表情に胸が苦しくなる。

「そうは言っても、どうしようもないだろ。好きな子が、死んじゃったんだから」

彼女の息をのむ気配が伝わってくる。

ほとんど逆さまの姿勢で浮遊しながらユウナは俺の顔を見下ろす。

目があうと、動揺するみたいにそっぽを向いた。

口に出してみると、意外に簡単だった。どうしてこれがずっとできなかったのか不思議に思えるほどに。なさけないような気持ちと、ようやく言えたという安堵感がある。

俺は立ち止まって、逆さまの彼女と向き合う。

「死んじゃったんだよ、俺の好きな子は」

彼女は、つないでいない方の手で、髪をいじりはじめる。

それから、にやつくように、彼女が笑《え》みを浮かべた。

「そうなんだ……。死んじゃったんだ、その子、かわいそうに……」

話している内容と表情とのギャップがすごい。

「俺は、その子のことが好きだったから、今も引きずってるんだ」

「なるほどなるほど。大地君が思いを寄せていた子って、もう死んでるんだね。……ちょっと待って、私、その子に、心当たりがあるかもしれない」

「まあ、そうだろうな」

「大地君の知り合いで、死んだ女の子って、限られてるもんね?」

ユウナの笑顔が止まらない。

「その子は、ずばり、大地君の身近にいた子で、幼馴染の一人だね?」

「名推理だな。おまえ、探偵か?」

「塔子ちゃんは生きているから違うし、そうなると消去法で一人しかのこらないな。犯人は、もしや……」

いつから犯人当てゲームになったのかわからないが、彼女なりの照れ隠しなのだろう。死んでいるはずなのに彼女は幸福そうだ。告白に対する返答なんてどうでもよくなってきた。彼女の様子から、何となく想像がついた。彼女もまた同じ感情を抱いていたのだということが。

「いやいや、でもわからないぞ。私のことじゃないかもしれない」

その笑顔から、彼女の、うれしくて天にも昇るような気持ち、というのが伝わってきた。実際、彼女は天に昇ってしまったような存在なわけだけど。

「ありがとう、大地君。その子もきっと、大地君のこと、愛していたと思うよ。今となってはもう、確かめるのは難しいかもしれないけどね」

「そうだな。死が二人を分けてるもんな」

秀と塔子の結婚式で聞いた神父の言葉を思い出す。

その健やかなる時も、病める時も、喜びの時も、悲しみの時も、富める時も、貧しい時も、これを愛し、これを敬い、これを慰め、これを助け、死が二人を分かつまで愛し慈しむことを誓いますか？

俺たちはもう終わっている。彼岸《ひがん》と此岸《しがん》で離れ離れの場所にいる。だけど、対岸の相手の幸福を思い続けるくらいは許されるはずだ。

「これからおまえが行く場所で、もしもそいつに会ったなら、言っといてくれないか。おまえの人生にすこしでも関わることができて良かったって」

「うん。その子もきっと、大地君に感謝していたと思う。いつもそばにいてくれてありがとうって」

うれしさと、寂しさで、胸の中がいっぱいだ。

別れの時間まで、河川敷に佇《たたず》んで景色を眺めた。空が次第に暗くなっていく。太陽は沈み、夜がはじまる。言葉数はすくない。最後の線香花火だということは伝えていたので、もう二度と会うことはないのだと、俺たちは理解している。

「綺麗な夕焼けだった」

ユウナが言った。さらに言葉を続ける。

「夜も好きだよ。花火をしたよね」

のこり時間が、すくない。

「大地君、お願いがあるの。私が消えるよりも前に、手を放してくれないかな」

「どうして？」

「空からこの世界を眺めたい」

「わかった」

最後に俺たちはお互いを抱擁《ほうよう》した。

逆さまで浮遊する彼女の体を抱きしめる。ユウナの腕が俺の体を包んだ。体温は感じられないはずなのに、温かさで体が火照《ほて》る。

いつまでもそうしていたかった。だけど俺たちは同時に体を離す。

お互いの両手を握りしめ、顔を寄せ合った。

「行くぞ」

「いいよ」

俺は彼女の手を放す。彼女の魂を地上につなぎとめておくものはなくなった。浮力によってユウナの体は、ぐんぐんと上昇をはじめる。すぐに手の届かない高さになった。

「さよなら、ユウナ！」

声をかけると、上昇しながら彼女が、俺に向かって両手を振るのが見えた。

「バイバイ、大地君！」

夕焼けの名残でまだ明るい空に星が瞬《またた》きはじめる。そんな夜空に向かって、彼女は吸い込まれるように、高く、遠くなる。

良い旅立ちであることを俺は祈った。彼女の眠りが平穏でありますように。

浮遊するユウナは、点のように小さくなり、地上からずいぶん離れた場所で、溶けるように消えた。

本書は書き下ろしです。

著者プロフィール

乙一……17歳のとき『夏と花火と私の死体』で第6回ジャンプ小説・ノンフィクション大賞を受賞しデビュー。2002年『GOTH　リストカット事件』で第3回本格ミステリ大賞を受賞。著書には『ZOO』『きみにしか聞こえない』『Arknoah』シリーズなど。複数の別名義で小説を執筆、安達寛高名義では映像作品の脚本、監督作品を発表している。

一ノ瀬ユウナが浮いている

2021年11月30日 第1刷発行

著者　乙一

装丁　有馬トモユキ（TATSDESIGN）
編集協力　長澤國雄
担当編集　六郷祐介
編集人　千葉佳余
発行者　瓶子吉久
発行所　株式会社 集英社
〒101-8050 東京都千代田区一ツ橋2-5-10
編集部 03-3230-6297
読者係 03-3230-6080
販売部 03-3230-6393（書店専用）
印刷所　凸版印刷株式会社

Printed in Japan ISBN978-4-08-790063-7 C0093

検印廃止

Summer Ghost
サマーゴースト
原案
loundraw
小説
乙一
Summer Ghost
Original: loundraw
Novel: Otsuichi

となりのヤングジャンプで連載中!!

サマーゴースト

漫画　井ノ巳吉
原案　loundraw
映画脚本　安達寛高(乙一)

「スプートニクの少女」でヤングジャンプ40周年記念宇宙漫画賞・準大賞を受賞した、新鋭・井《い》ノ《の》巳吉《みよし》が描く『サマーゴースト』!!